AF269394

LA MANO DE FÁTIMA

Carrera contrarreloj
para resolver un secuestro

ExLibric

PEDRO DIEZ MARTÍN

LA MANO DE FÁTIMA

Carrera contrarreloj
para resolver un secuestro

LIBRO I DE LA SERIE DE LOS 80

EXLIBRIC

ANTEQUERA 2025

**LA MANO DE FÁTIMA. CARRERA CONTRARRELOJ
PARA RESOLVER UN SECUESTRO**
© Pedro Diez Martín
Diseño de portada: Dpto. de Diseño Gráfico Exlibric

Iª edición
2ª tirada

© ExLibric, 2025.

Editado por: ExLibric
c/ Cueva de Viera, 2, Local 3
Centro Negocios CADI
29200 Antequera (Málaga)
Teléfono: 952 70 60 04
Fax: 952 84 55 03
Correo electrónico: exlibric@exlibric.com
Internet: www.exlibric.com

ISBN: 979-13-87944-22-3
Depósito Legal: MA 1212-2025

Impresión: PODiPrint
Impreso en Andalucía – España

Nota de la editorial: ExLibric pertenece a Innovación y Cualificación S. L.

PEDRO DIEZ MARTÍN

LA MANO DE FÁTIMA

Carrera contrarreloj
para resolver un secuestro

LIBRO I DE LA SERIE DE LOS 80

A mi familia.

A Philip Kerr.

A Maribel,
que confió en mí desde los dieciocho años.

Uno de los secretos de la vida es dejarse fluir.

PRIMERA PARTE

Escena 1

La caja de zapatos

MADRID, MARTES 29 DE ABRIL DE 1980

Caminaba despacio y cabizbajo, como un pez más dentro del torrente. La imperceptible llovizna y un cielo encapotado no era obstáculo para sus ojos de camaleón, siempre atento, siempre en guardia para detectar algún primo al que sisar la cartera. El torrente aumentó con el afluente de personas que salían cargadas de Galerías Preciados, así que se apartó a un lado y continuó calle abajo pegado a la pared. Al atravesar la bocacalle fue cuando lo vio. El tipo corpulento, con cazadora y boina negras, miró a ambos lados y, con aire ceremonial, depositó un paquete en el escalón de acceso al portal. Después se marchó caminando despacio y sin olvidar echar una última mirada hacia atrás.

En cuanto vio al fortachón doblar la esquina, el Kunfu salió a escape y en un santiamén tenía el paquete entre sus manos.

Desde el otro extremo de la bocacalle, en la esquina de la calle del Carmen, otro tipo con parecida vestimenta al anterior, pero más bajito, observaba con risa sardónica y pensaba:

«Ya han recogido el paquete, seguro que capta el mensaje del anillo».

Sin perder tiempo, el descuidero se encaminó como un salmón a contracorriente y se perdió Preciados arriba hasta la plaza del Callao. Allí se coló en la estación de metro de José Antonio y se alejó del Broadway madrileño.

El vagón estaba repleto y traqueteaba a gran velocidad. Asió con una mano la barra mientras con la otra sujetaba lo que parecía ser una caja de zapatos. Apretujados a su lado, unos turistas japoneses estudiaban entretenidos un plano. Qué pena que tenía las dos manos ocupadas, porque la diminuta muchacha dejaba asomar una Nikon FE en su bolso abierto. Al llegar a la siguiente parada, no pudo resistir la tentación y, al abrirse las puertas, agarró la cámara y salió disparado abriéndose paso entre la multitud. Corrió por los pasillos y, cuando se sintió seguro, se colgó la cámara al hombro y se sentó emocionado como un niño pequeño a esperar el siguiente tren. Por lo que parecía, iba a ser un buen día. La cámara era de última generación, pero aún no se atrevía a desatar en público el cordel que amarraba el paquete para ver su interior. Decidió esperar y, de momento, alejarse lo más posible del centro por si lo reconocía algún guarda jurado.

Se apeó en Canillejas, la última y recién inaugurada estación de la línea verde, caminó unos metros y entró en la Cafetería Diez, prácticamente a la salida del metro, donde se sentó en la barra y pidió un pincho de tortilla y una Pepsi Cola con la rodaja de limón aparte. Miró su paquete. Parecía una caja de zapatos envuelta en papel de estraza marrón y atado con un cordel que nada le costó cortar con su navaja. Desgarró el papel, lo dejó caer al suelo y la abrió.

—¡Joder! —masculló mientras miraba nervioso a su alrededor—. Pero ¿qué cojones es esto?

En el interior de la caja una mano descansaba sobre una mullida cama confeccionada con papel de periódico del día, en cuyo titular destacaba el fallecimiento del inmortal director de cine Alfred Hitchcock. Cerró la caja y se dirigió al baño, que, para su mala suerte, era de los antiguos y no tenía taza, sino un retrete en el que había que agacharse en cuclillas colocando los pies en el lugar señalizado. Así que se volvió, echó el cerrojo, la depositó encima del lavabo y la abrió de nuevo. Poco a poco, la mano fue difuminándose ante sus ojos saltones y lo único que veía era el anillo dorado en el dedo anular que lucía más que la bombilla del techo rodeada de pelusas pegadas. Agarró la mano con asco, estaba fría; la puso bajo el grifo abierto y, aprovechándose del escaso jabón del lavabo, frotó sin dignidad hasta que logró deslizar el anillo.

—¡Joder! —volvió a repetir y durante un instante se relamió pensando en la cantidad de picos que podía meterse—. ¡Esto vale por lo menos cien mil pelas! —Definitivamente era un buen día.

Abandonó caja y mano en la esquina bajo el lavabo y colocó encima una papelera. Regresó a la barra, comió con lentitud el pincho de tortilla, que venía a ser su desayuno-comida-cena de los últimos dos días, apuró a tragos intermitentes el refresco y le ofreció la cámara al camarero.

—Mire, jefe, que es japonesa, una Nikon FE nueva. Es de última generación, me la compré para un curso de fotografía que hice y me costó treinta mil pesetas, pero es que ahora necesito el dinero para comprar unas medicinas para mi madre. Se la dejo en quince mil. Ya verá qué fotos más chulas de sus hijos le van a salir. El carrete es un Fujifilm de 35 mm —parloteaba como un entendido.

El trato se cerró en diez mil pesetas y Kunfu se marchó del bar, no sin antes pedirle al camarero que le diera otra rodaja de limón, la cual le entregó de mala gana.

—¡Oye, que te olvidas de pagar el pincho y el refresco!

—A ver, jefe, que eso iba incluido en el trato. Ah, el carrete ya está empezado porque les hice unas fotos a unos primos míos. Cuando lo revele, me las guarda —respondió escabulléndose como un gato que había roto el jarrón y cruzándose con otro drogadicto que entraba a pedir una rodaja de limón.

Subió por la pasarela que cruza la carretera de Barcelona. En lo alto se paró para escupir sobre los coches que circulaban a gran velocidad por la nacional. Al otro lado le esperaba un descampado lleno de olivos. Se encaminó hacia la chabola de la familia de los Pollos situada cerca del viaducto ferroviario que separaba Canillejas del parque de la Alameda de Osuna. Dejó a su izquierda el cercado corral de las gallinas e ignoró a los mastines leoneses, bien sujetos con cadenas, que fieramente lo delataban. El Pollo grande, rubio y bien alimentado, esperaba sentado en una mecedora fumándose un Fortuna y ojeando una revista erótica, *LIB*.

—Hola, Pollo, vengo a por tema. ¿Me das un pitillo?

—¿Traes la pasta? Ya no te fío —contestó deslumbrándolo a propósito con el Cartier de oro de su muñeca.

—Claro que traigo la pasta, hombre. Ya sabes que yo soy legal —lo convenció, mostrando dos billetes verdes.

El camello los tomó, entró en su palacio y a los tres minutos regresó sonriente con un par de papelinas.

—¿Te importa si me chuto aquí?

—No, tío, que luego se me asustan los clientes. Mejor vete debajo de las vías del tren.

—Déjame por lo menos un mechero, es que he perdido el mío.

—Joder, qué coñazo. Con vuelta, ¿eh? —avisó, prestándole un BIC con la marca desgastada.

El penitente caminó trescientos metros adelante. Debajo del puente se preparó el pico. Un mercancías de RENFE traqueteó por encima de su cabeza, pero él ya no escuchaba nada.

Escena 2

Carlos Boyd reflexiona
en su despacho

MADRID, MARTES 29 DE ABRIL DE 1980

Peleándose contra la marabunta, sofocado y sudoroso, caminaba a toda prisa. Llegó a la calle de Galdós, trotó hasta el portal y nada, no había nada. Permaneció como un pasmarote durante dos interminables segundos, se quitó la negra gorra de plato de chófer y secó con el dorso de la mano su frente perlada de sudor y llovizna.

—El jefe se va a cabrear —musitó, secándose la frente de nuevo.

En ese mismo momento, en su despacho de la calle Santa Engracia, Carlos Boyd mordía con fuerza su puño mientras recordaba la llamada que había recibido: «Señor Boyd, hoy recibirá el paquete, tal y como le dijimos. De usted depende que esto llegue a buen puerto».

A sus sesenta años, aún era considerado un *latin lover*. Alto, delgado, de pelo canoso y barba muy recortada, lucía bien el traje de color hueso hecho a medida en la calle Savile Row de Londres.

El delegado en España del Technological Bank of Panama atizó un puntapié a la papelera, se ajustó la corbata color salmón y, con su Cartier de oro, volvió a prender el Habano; la espera le destrozaba los nervios, nunca se había visto en una situación tan peliaguda.

—¡Y sin noticias de ese maldito Tao! Por lo menos, podría haber llamado. Salió hace ya más de dos horas.

No sabía bien cuál sería su próximo paso a dar: ¿debía manejar esto por su cuenta, avisar a la Policía o, quizá, llamar a Estados Unidos?

Escena 3

Invitación de boda

DOMINGO 23 DE MARZO DE 1980

Abrió el buzón y recogió el correo. Saludó al portero y subió por las escaleras hasta la segunda planta.

—¿Mely, Mely? ¡Cariño, ya llegó! —gritó en voz alta al poner el pie en el *hall*.

Mely asomó la cabeza por la puerta de la cocina

—¿Qué es lo que ha llegado?

—La invitación de Rebeca —contestó con una sonrisa de par en par. Dio una zancada y agitó la carta frente a la cara de su esposa, como si tratase de abanicarla.

—Sr. Jaime Stuart del Prado y Sra. Melchora Stuart —leyó ella en voz alta, frunciendo el ceño al leer su apellido.

—Es una suerte que nos haya invitado la secretaria del jefe. Habrá gente importante en la boda. Contactos, cariño. Esto puede ser bueno para nosotros. Asistirá el jefe con su esposa y seguro que habrá políticos y banqueros.

—¡Pero si tu jefe no te puede ni ver, y menos a tu compañero! Aún no olvida que eres inspector, porque te enchufó mi padre, porque si de ti dependiera, nunca saldríamos de esta mierda de casa y de este barrio —lo retó mirándolo fijamente a los ojos con cara avinagrada.

—No sé qué tiene de malo esta casa, cariño, ni por qué te pones así.

—Nunca debí abandonar mi carrera de modelaje. No soporto ser ama de casa, ni quiero niños. No me puedo conformar con quince días al año en la playa de San Juan. Quiero viajar, Jaime, quiero viajar por todo el mundo, quiero comer pasta en Roma, sopa de cebolla en París, fideos en China y lo que coño coman en Rusia —reprochó.

—¿Quieres ir a París a comer sopa de cebolla?

—¡Quiero salir de aquí, y deja de llamarme cariño!

—No sé de qué te quejas, no te falta de nada. Si quieres retomar tu carrera, pues hazlo.

—Sí, qué fácil lo ves, para eso hace falta algo que no tenemos: se llama dinero —volvió a reprochar.

—Pues pedimos un préstamo al banco y dejamos lo de los niños para más adelante. Está bien, cálmate. Nos sentamos a comer y lo hablamos. Quizá la boda sea una buena oportunidad para medrar —musitó él mientras intentaba desabrocharle el delantal.

Ella lo cortó en seco, se encerró en su cuarto y se puso a llorar. Debía tomar una decisión. Lo que tenía muy claro era que no iba a continuar de ama de casa, ni, por supuesto, tenía intención de tener niños. Iba a relanzar su carrera al precio que fuera y su matrimonio la estaba asfixiando. Agarró el teléfono de la mesilla de noche y marcó.

—¡Eduardo! Hola, cariño. Mira, estoy desesperada, yo ya no puedo más, ¿cuándo podríamos vernos? —preguntó mientras guardaba la fotografía de su boda en el cajón de la mesilla.

Quince minutos después de una fugaz comida fría, Jimi, contrariado, fregaba los trastes. Sin saber que estaba fuera de juego, intentaba fútilmente buscar una solución.

Mientras él se duchaba y soñaba despierto viéndose con el traje de gala de inspector jefe, ella le sacaba la cartera del bolsillo y le sisaba seis billetes de mil pesetas.

Escena 4

Llamando a New York

MADRID, MIÉRCOLES 30 DE ABRIL DE 1980

—¿Que no has encontrado el paquete? ¡Tao, eres un inútil! ¡Primero pierdes a la señora, y ahora esto, pues vaya un guardaespaldas! —Acto seguido, abofeteó la cara del chino con el dorso de la mano, haciéndole un rasguño—. Voy a tener que acudir a New York, y eso era lo último que deseaba. Márchate y encuentra el anillo. —Lo fulminó con la mirada.

Carlos Boyd se quitó la chaqueta y la colgó en el ropero, se sentó en su butaca y miró fijamente el teléfono de baquelita sobre su escritorio, se acarició el bigote y estiró la manga de su traje. Luego se acercó al teléfono y marcó veloz.

El chino, con mirada aviesa, salió de espaldas, giró en el umbral, caminó por el pasillo y se detuvo frente al espejo de la entrada. Sacó del bolsillo una tirita y se la colocó tapando el rasguño. El espejo le devolvió su imagen con dos tiritas.

—Cuando encuentre a esos cabrones los voy a hacer trizas. Quizás también algún día haga lo mismo contigo, Carlos Boyd —rumió en su dialecto hongkonés. Fue directo a la cocina y se sirvió unos fideos con camarones y arroz que calentó en el microondas.

—Buscar a la señora sería como buscar una aguja en un pajar. Lo mejor sería acudir a la Policía. No entiendo por qué aún no lo ha hecho.

—Comuníqueme con el señor embajador, soy Carlos Boyd.

Se quitó el anillo del dedo mientras esperaba y jugueteó con él levantándolo hasta un rayo de sol que entraba por la ventana y recitó mentalmente la serie alfanumérica que contenía grabado en su interior. Se retrepó en la silla de su escritorio castellano de nogal y prendió un Cohiba. La conversación con el embajador duró unos minutos.

—Hablaré con mi amigo el comisario Blanco y lo pondré al corriente del secuestro de su esposa. Será lo más conveniente. No se puede negociar con esa clase de bandidos —lo tranquilizó el embajador.

Varios minutos después, Carlos Boyd se levantó nervioso. Dos pasos adelante, dos hacia atrás, no se decidía. Finalmente, agarró el teléfono, echó un vistazo en su Rolex de oro y, sin ser capaz de sentarse, marcó el prefijo 212 de New York.

—¡Uf, espero no pillarlo durmiendo!

Paul Castellano, gran capo de la familia Gambino, recogió la llamada:

—¿Quién es?

—Carlos Boyd. Señor, tenemos un problema en Madrid. Necesito ayuda, necesito gente.

—¿Tenemos? ¿En qué me concierne a mí? —sopló el italoamericano con tono chulesco.

—Su cuenta, señor… Su cuenta en el Technologic Bank of Panama.

—¿Qué ocurre con mi cuenta? —estalló Paul al otro lado del océano.

—Verá, señor…

Escena 5

Primera reunión en comisaría

MADRID, MIÉRCOLES 30 DE ABRIL DE 1980

El subinspector José Vidal Sánchez, Pepiño para todo el mundo, dormitaba sentado frente a su escritorio con el codo apoyado en la mesa y la cabeza descansando sobre su puño. Acababa de entrar en la treintena y el cabello moreno de su cabeza ya raleaba. De estatura media, complexión fuerte y bigote, siempre vestía con chaqueta y pantalón de tela. Era la antítesis de su compañero y amigo que ocupaba el escritorio frente al suyo apenas a metro y medio.

El inspector Jaime Stuart, Jimi para los amigos, estaba sentado frente a él y en ese momento se encontraba muy concentrado cerrando los ojos e intentando adivinar el resultado del Atlético de Madrid-Salamanca para acabar su quiniela. Castaño, abstemio, no fumador y de complexión atlética, frisaba los veinticinco años, vestía siempre de traje y corbata, y practicaba todos los deportes, al contrario que su compañero, el cual jamás había pisado un gimnasio.

Como era habitual en la Comisaría Centro, todas las mañanas eran de locos y, como todos los agentes compartían el mismo despacho, la bulla era colosal: máquinas de escribir, conversaciones telefónicas, algún detenido gritando camino de los calabozos…

Cuando Rebeca, la secretaria del comisario, se plantó ante él, Pepiño se despertó por completo. Ella se inclinó levemente y apoyó sus manos en el escritorio. Pepiño no podía hacer otra cosa más que mirar temeroso de que explotase en su cara el generoso escote que se le ofrecía.

«¡Madre mía! En esa hucha yo sí que despilfarraba los ahorros», soñaba despierto.

Rebeca disimuló y con una radiante sonrisa le ordenó:

—El comisario os quiere en su despacho. A ti y a tu compañero.

Bamboleando, se alejó aquella rubia de ojos azules y veintidós años. Todo el departamento recorría con la mirada la infinita carretera que dibujaban las costuras traseras de sus medias.

Ambos se incorporaron y se dirigieron hacia el despacho de su superior. Tras las persianas entreabiertas, el contorno del comisario se movía como un tigre enjaulado.

Jimi golpeó con los nudillos sobre el letrero en la puerta de cristal, en el que se podía leer «Comisario Agustín Blanco Pérez», y entró.

—Buenos días, señor comisario.

Blanco lo miró. De cabello castaño, con tupé, lucía una incipiente barriga, llevaba una blanca y ajustada camisa con las mangas arremangadas y pantalones de tela gris marengo. Parecía, más bien, el director de un diario.

—¿Y el imbécil de su compañero? —ladró el jefe.

Jimi se giró y vio que estaba solo, así que se asomó tras la puerta y vio a Pepiño que permanecía hipnotizado observando como, de espaldas a él, Rebeca ataba con cordeles unos expedientes que colocaba en la estantería metálica.

—¡Chist, chist! —le chistó desde la distancia.

—¡Pepiño! —La voz de ogro de Blanco lo despertó y este avanzó con parsimonia hasta el despacho. Entró sin saludar y se colocó al lado de su compañero.

—Tenemos un asunto de alto copete. Mi amigo, el embajador de Panamá, me ha llamado esta mañana. Dice que han secuestrado a una ciudadana de ese país, pero que no se ha denunciado el hecho.

Blanco caminaba nervioso. Fumador empedernido, mostraba en su escritorio tres ceniceros desbordados de colillas y un paquete arrugado de Condal.

—Gutiérrez está de baja; los hermanos Ruiz, acompañando al presidente Suárez en su viaje a Washington; Peláez y Antúnez, en lo de la huelga de taxistas, y Medina y Martínez, liados con la fiesta del 2 de Mayo. ¿Y qué me queda? Vosotros dos —les espetó con mirada de perro rabioso.

Jimi tragó saliva.

Pepiño se encendió un Rex y lanzó una bocanada de humo directo al cuadro del rey.

—¿Una ciudadana panameña? —interrogó Jimi.

—Así es, la desaparecida es Fátima Boyd, la esposa del delegado en Madrid del Technological Bank of Panama. Al parecer, el lunes la secuestraron en su alojamiento, un lujoso chalé de Galapagar. Alguien forzó la ventana del patio, subieron por una escalera que dejaron abandonada en su huida y se la llevaron sin que nadie se enterase de nada, ni la criada ni el chófer.

—¿Por qué habla en plural, señor?

—Presupongo que no pudo hacerlo una sola persona.

—¿No sonó la alarma?

—No hay alarma.

—Pues como hagan lo mismo en su banco… —intervino Pepiño.

—La cosa no acaba aquí —continuó Blanco—. Según el embajador, los secuestradores han pedido un rescate de cien millones de pesetas.

—Pues les organizamos una emboscada y listo —añadió Jimi.

—No podemos, de momento. El esposo es reacio a denunciar, no me pregunten por qué. Y la cosa se complica: el dueño de un bar en Canillejas encontró anoche un paquete en el váter, acudió un coche patrulla y resulta que era una caja de zapatos en la que había una mano de mujer. La mano está en el anatómico, pero tenemos una fotografía que os dará Rebeca. Entrevistad a ese banquero para ver si la reconoce.

—¿Una mano en una caja de zapatos? Es absurdo. ¿Por qué iba a tener algo que ver con el secuestro? Lo normal habría sido una oreja o, si acaso, un dedo, pero ¿la mano?

—El camarero está convencido de que la dejó un yonqui —retomó el comisario—. Al parecer, es un desgraciado al que llaman el Kunfu, ojos saltones y, por lo demás, como todos los putos yonquis. Y ahora, largo de aquí, a investigar —finiquitó, dando una larga chupada al cigarrillo.

Pepiño dejó caer la colilla al suelo del despacho y, aprovechando que Blanco les había dado la espalda, se marchó sin apagarla.

Rebeca los recibió desde su escritorio en la antesala del despacho del comisario, alargando una fotografía de tamaño A4.

—Tomad.

Jimi la cogió y se la mostró a su compañero.

—Evidentemente es una mano de mujer, fina, fibrosa, elegante, uñas cuidadas. Se echa en falta un anillo, se nota la marca que dejó —avanzó el inspector.

Sentados en sus sillas, comenzaron a cavilar.

—¿Por qué una mano y no un dedo? —rumiaba Jimi—. Yo me encargo de los salones de manicura caros, tú encárgate del yonqui.

Pepiño se levantó raudo para pedirle a Rebeca unas Páginas Amarillas. Cualquier excusa era buena para aspirar su perfume.

Escena 6

Martínez informa a sus contactos

MADRID, MIÉRCOLES 30 DE ABRIL DE 1980

Martínez se afanaba en recortar la chica desnuda de la contraportada del diario *As,* la cual guardó en su cartera. Ojeaba la sección deportiva del diario cuando Rebeca se situó frente a Pepiño en el pasillo entre escritorios.

El escritorio de Pepiño estaba frente al de Jimi, ambos separados por un estrecho pasillo. A la izquierda de Pepiño estaba Medina en otro escritorio y él frente a Medina, su compañero, ya que siempre se investigaba en pareja.

Subió el periódico hasta el borde de las cejas y puso en onda sus orejas de murciélago. Cuando marcharon los dos compañeros tras Rebeca, se levantó, le pasó el periódico a su compañero y se dirigió al escritorio de la secretaria.

—¿Qué ocurre, Rebeca? —la interpeló sin dirigirle la mirada y prestando toda su atención a las persianas del despacho en el que se encontraban sus compañeros.

—Nada especial, un nuevo caso —respondió ella sin darle importancia.

—¿De qué se trata? —inquirió de nuevo.

—Al parecer, alguien ha encontrado en una caja de zapatos una mano elegante de mujer y, quizás, haya un secuestro de por medio. Al parecer, se trata de…

Cuando Rebeca acabó, Martínez la obsequió con un bombón relleno y regresó a su escritorio, se puso la chaqueta que colgaba del perchero y le espetó a su compañero.

—Voy a mear.

—¿Con chaqueta? —contestó Medina con su tono nasal.

El subinspector Martínez provenía de la anterior Policía Armada y nadaba como podía en las revueltas aguas de la transición: por una parte, añoraba el régimen pasado, en el que se había hecho un hueco; por otra, intentaba buscarse la vida en un nuevo tiempo que, para él, era ignoto. Recién salido de la academia de formación de Canillas, se integró directamente en una de las Compañías de Reserva General, los antidisturbios, con permiso para reventar manifestaciones estudiantiles y aporrear con la defensa de goma a opositores al régimen. Eran tiempos divertidos para los hombres de placa. En fin, había cambiado el paño gris con charreteras negras del uniforme por el antracita de su chaqueta de paisano.

Martínez bajó las escaleras a la planta de calle. En el mostrador de recepción, un policía sentado frente al alto mostrador de madera garabateaba algo en una libreta sin hacer caso del teléfono, que no paraba de sonar. El subinspector dio un par de toques con los nudillos en la mampara llamando la atención del compañero.

—Déjame unas fichas de teléfono.

El otro se hurgó en el bolsillo y le entregó unas cuantas a través del hueco del cristal.

En la sala de espera aguardaban pacientes un anciano víctima del timo de la estampita y una estanquera a la que habían asaltado.

Martínez salió a la calle dando un empujón a un quinqui que, en ese momento, entraba esposado. Caminó por Leganitos y se dirigió a la cabina telefónica de la plaza de Santo Domingo. La cabina estaba ocupada por un tipo que se parecía a José Luis López Vázquez.

«Joder, este se queda como el de la película», pensó el policía, tras una espera de más de quince segundos que agotó su paciencia. Sacó la placa y, golpeando el cristal, se la mostró, indicándole con el pulgar que se largara. El indignado padre de familia numerosa se marchó airado y cambiando en ese momento el sentido de su voto para las generales.

Martínez ocupó como un cuco la cabina, sacó del bolsillo de su pantalón varias fichas de teléfono e insertó la primera.

—Buenos días. Comuníqueme con Alfredo Serín. Sí, Alfredo Serín, de la sección de crónicas de sucesos del diario *El Caso.*

Tras una conversación de dieciséis segundos colgó y volvió a introducir otra ficha. El teléfono fue atendido por una operadora.

—Edificio Castellana 81, ¿dígame?

—Hola, deseo hablar con el señor Eduardo Girón. Sí, de Girón y Montaner Asociados.

—El señor Eduardo ahora está reunido.

—Señorita, haga el favor de decirle que lo ha llamado su padre. Bien, gracias.

Para la tercera llamada empleó dos monedas de veinticinco pesetas.

—¿Operadora? Sí, deseo realizar una conferencia con New York a cobro revertido. Señor Salvatore Gravano, número 2127489133.

Esta vez la conversación se alargó media hora.

—Señor Gravano, soy el subinspector Martínez, de la Policía de Madrid. Ha ocurrido algo que podría ser de su interés….

Nada más colgar, Salvatore marcó otro número de teléfono.

—¿Jefe? Tenemos un contratiempo en Madrid. Al parecer, la cosa se ha desmadrado y la Policía está al tanto.

Al otro lado del aparato, John Gotti, capo menor de la familia Gambino, convirtió la sonrisa en una torcida mueca.

—¡Úntalos a todos y que hagan la vista gorda! —arregló el aspirante a gran capo.

—Me temo que no será tan sencillo. Se va a publicar en la prensa.

—Entonces esperemos que los sicilianos cumplan su parte. Se supone que son profesionales, aunque uno nunca se puede fiar de esos malditos espaguetis.

Martínez regresó a su escritorio.

—Pues sí que has tardado —comentó Medina sin esperar respuesta, mientras ladeaba la lengua y se peleaba con la máquina de escribir Olivetti, tecleando el informe anticipado de la manifestación del 1 de mayo.

—Voy a por una Pepsi —dijo al acabar.

Martínez no le contestó.

Diez minutos después, Alfredo Serín esperaba en el bar de enfrente de la comisaría.

Martínez bajó y se encontró en el bar con el cronista de *El Caso,* que subrepticiamente puso sobre el mostrador un Galdós —billete verde de mil pesetas— que veloz fue a parar al bolsillo de la chaqueta del policía. Este, a su vez, dejó un sobre donde antes había estado el billete verde.

—¡Incluye fotografía, ¿eh?! —avisó el subinspector, fantaseando con la cara que iba a poner su comisario al día siguiente al ver la fotografía en la portada del diario.

Medina regresaba del baño con su Pepsi en botella con pajita y se cruzó con Alfredo.

—¿Qué quería ese? —inquirió a su compañero.

—Ya sabes, los buitres huelen carroña —le respondió, enigmático.

—Ya sabes que el comisario no soporta a los periodistas, y menos aún a este cuervo.

—Que le jodan al comisario. Por si todavía no te has enterado, estamos en una Transición, y la prensa ahora tiene todo el derecho de informar.

—Vaya, y yo que pensaba que eras un retrógrado.

—Te equivocas, el color verde me ha hecho ver la luz.

Escena 7

Entre nosotros no hay secretos

MADRID, MIÉRCOLES 30 DE ABRIL DE 1980

—Hola, cariño. —Matilde recibió a su esposo con un beso en la boca—. ¿Qué tal te ha ido el día? La cena ya está preparada. Date prisa o se enfriará.

—Movidito —contestó Blanco, colgando la chaqueta en el ropero. Se dirigió al baño y se lavó las manos.

Sentado a la mesa, se colocó una servilleta de tela en el cuello. Matilde, de pie tras él, le masajeaba el cuello y hombros.

—Te he preparado tu comida favorita, ¡filetes rusos, con su perejil y cebollita frita, como a ti te gusta!

—Gracias, amor.

—Anda, cuéntame con pelos y señales todo lo que has hecho hoy en el trabajo, que llevo todo el día en casa y me muero de aburrimiento.

El cansado comisario le narró entre bocado y bocado toda la información que tenía hasta ese momento sobre la mano cortada.

—Vaya, el secuestro de la esposa de un banquero panameño y una mano amputada a la que le falta el anillo… Seguramente, el anillo estará en manos de algún perista, pero ¿cuál sería el motivo para amputarle la mano? Jolín, parece el guion de una novela. Mantenme al cabo de este caso, que me tiene intrigada.

—Una novela de miedo es lo que parece. El jefe ya me está presionando. Verás mañana en cuanto se enteren los buitres de la prensa —contestó, tomando bicarbonato.

—Cielo, estás agotado. Anda, date una ducha —le animó ella, masajeando esta vez en la entrepierna—. ¿Cómo dices que se llama ese banco…?

Escena 8

Benvenuti

MADRID, LUNES 28 DE ABRIL DE 1980

Arribaron puntualmente al aeropuerto de Madrid-Barajas en el vuelo procedente de Roma. Eran las 9:45 a. m. Una hora después realizaban el *check-in* en el motel Avión, muy cerca del aeropuerto.

Ángelo y Paolo Vanno, los hombres enviados por Salvatore Gravano, mostraron sus pasaportes en la recepción.

—Habitación 110, en la primera planta —especificó la recepcionista de gafas gigantes al entregarles la llave.

Paolo, el más alto, se quedó embobado mirándola. Ángelo tuvo que intervenir pinchando a su compañero con los dedos índice y mediano en el riñón. La recepcionista miraba a Paolo con sonrisa picarona.

Tras una ducha corta se dirigieron al aparcamiento del motel, donde los esperaba una camioneta. Paolo, el hermano pequeño, que, sin embargo, era una auténtica mole, se sentó al volante. El hermano mayor se situó de copiloto, abrió la guantera y rebuscó en su interior: las llaves de la camioneta, un mapa, dos pistolas, silenciadores y otras herramientas.

Paolo arrancó. Ángelo, enjuto y fibroso, le daba las indicaciones. Condujeron con precaución respetando todas las limitaciones en dirección a Galapagar y estacionaron en la calle Alamillos, apenas a veinte metros de Aguacate B1. El rótulo Mudanzas Otero les servía de camuflaje. Eran las 12:45 a.m.

Tres horas antes, Fátima Boyd salía resucitada del salón de belleza. Así que, repleta de energía, se dio un paseo por el barrio de Salamanca seguida a corta distancia del Bentley con chófer. Entró primero en la tienda de Loewe de la calle Serrano, donde adquirió un caro bolso. Después caminó hasta Claudio Coello y entró en la minimalista *boutique* Olegario. El olor a Chanel incitaba a las damas a comprar. En la tienda estaba prohibido hablar de precios. Una dependienta peinada a lo Jacquelin Kennedy la recibió llamándola por su nombre y la introdujo en el tranquilo y lujoso ambiente. Fátima rechazó una copa de champán y se sentó en una cómoda butaca. Una a una, desfilaron tres señoritas con tres vestidos apropiados para mañana, tarde y noche: primero, la morena María modeló un vestido de día, sin mangas, cruzado de crepé en color malva y zapatos de punta blancos. La dependienta iba narrando las telas y colores que desfilaban. Después desfiló Clara, la muchacha de cabellos castaños llevaba una chaqueta estampada, pantalones rectos color albaricoque y zapatos *beige* de tacón. La música clásica de fondo realzaba los ademanes de la modelo. Finalizó la rubia Mely, que lucía un vaporoso vestido de noche en muselina, estampado en color verde manzana y zapatos altos destalonados.

La clienta extendió un cheque por los tres vestidos.

—Ya saben mi dirección —indicó.

Satisfecha tras hacer unas compras caras, se dirigió al automóvil que la esperaba pacientemente.

El chófer la vio salir demasiado tarde y con precipitación escondió en la guantera del automóvil la revista de pornografía gay que estaba ojeando y salió veloz para abrirle la puerta a la señora.

—Tao, llévame a casa.

El excitado oriental condujo de regreso al chalé de Galapagar. Con el mando a distancia ordenó abrir la cancela, detuvo el coche y se bajó para abrir de nuevo la puerta de la señora. Fátima taconeaba por el empedrado camino que enfilaba hacia la puerta principal de la casa, cuando se detuvo en seco.

—¿Rocky, Rocky? ¿Dónde te has metido, *darling?* Contoneándose a través del tepe, se dirigió a la caseta del perro. El plato de comida estaba intacto.

—¡Vaya un perro guardián…! —refunfuñó regresando al camino empedrado.

Ella misma abrió la puerta, pues el lunes era el día libre de la sirvienta.

Debajo del porche del patio trasero, agachados, esperaban los dos hermanos, enguantados y vestidos con monos azules de mecánico.

Tao bostezó, introdujo el Bentley en el garaje y se dirigió a la cocina con el objetivo de atracar la nevera.

Ángelo apoyó en silencio una escalera metálica en el tejadillo del porche y, sigilosamente, subió hasta la ventana del dormitorio, cortó el cristal y lo retiró con una ventosa.

Luego guardó las herramientas en uno de los bolsillos del pantalón y le entregó el cristal a su hermano para que lo dejara en el suelo sin hacer ruido.

Fátima se desnudó completamente dejando caer al suelo toda la ropa y se miró en el espejo grande de pared imaginándose que llevaba puestos los vestidos que había encargado. Se dirigió hacia el cuarto de baño, abrió el grifo de agua caliente de la tina y se entretuvo colocándose una redecilla en el cabello. Los italianos entraron en el dormitorio. Paolo recogió del suelo la braguita y aspiró profundamente. Del bolsillo de su cazadora sacó un frasco que contenía una mezcla de éter etílico y cloroformo, empapó generosamente las braguitas y de puntillas, como una bailarina, el mastodonte alcanzó a su víctima. Una mano en el hombro para sujetarla y otra en la boca con el éter. Fátima, más por el susto que por el cloroformo, se olvidó de que tenía piernas y cayó desvanecida. El bruto cargó con ella al hombro, le dio dos cachetadas en la desnuda nalga y, diez segundos después, bajaba los escalones. Ángelo lo precedía. Llegaron al final de la escalera y enfilaron el pasillo.

Al fondo, en la cocina, Tao, sentado con los pies encima de la mesa, había dado cuenta del plato de caldereta con salsa de soja que había cocinado la criada filipina y ahora escupía densas bocanadas del Cohiba que le había quitado a su jefe mientras miraba absorto un capítulo de *Dallas* en el minitelevisor.

Tentado estuvo Ángelo de volarle la cabeza, pero Paolo llamó su atención para que le abriese la puerta.

Una hora y cuarenta y cinco minutos más tarde, introducían la camioneta en una nave del polígono del barrio del aeropuerto. Desde la cabina más cercana, Ángelo hizo una llamada al despacho de Carlos Boyd.

Tao dejó los trastes sin lavar en el fregadero, caminó por el pasillo y se detuvo al notar que pisaba el suelo encharcado. Bufando, subió las escaleras, entró en el dormitorio, accedió al baño, cuya puerta estaba abierta, y cerró el grifo de la tina.

—¡*Wanpatan!* —gritó en mandarín cerrando ambos puños. En cero coma inspeccionaba la parte trasera del jardín. La escalera aún permanecía apoyada en el tejadillo. Detrás de la barbacoa encontró al dóberman, al que le faltaban los sesos.

La mujer estaba desnuda, tirada en un camastro, con las manos engrilletadas y tapada con una manta.

—Hagámoslo ahora, antes de que se despierte —comentó Ángelo.

Acto seguido, Paolo enchufaba una pequeña radial. Ángelo cortó los grilletes de plástico con una navaja, tomó su mano izquierda y cerró todos los dedos, excepto el anular, que sujetó por un extremo. La cuchilla comenzó a girar a 11.000 r. p. m., causando un ruido estridente. Cuando Paolo iba a realizar el corte, la mujer despertó y, al ver la dantesca escena, soltó el grito más grande que habían escuchado en su vida. Comenzó a patalear y realizar aspavientos con las manos, con el resultado de que la máquina seccionó la mano izquierda de la mujer, que comenzó a expulsar sangre como si de una manguera se tratara. Ella miró sorprendida su muñón y, al ver que su mano ya no le pertenecía, cesó en sus gritos de repente, sin poder entender lo que veía. Se incorporó en pie y, entonces, todo se volvió oscuridad cuando Ángelo le sacudió un golpe en la nuca con una llave inglesa. El hermano mayor estaba histérico.

—Pero ¿qué has hecho, puto imbécil? No me lo puedo creer. *¡Mamma mia,* si no era tan difícil! —le espetó en italiano.

Paolo se agachó, recogió la mano y se la ofreció a su hermano, quien la tomó sin escrúpulo. Sacó el anillo del dedo anular, lo acercó a la bombilla que colgaba del techo y lo inspeccionó con ojos de experto. Sonrió malévolamente y volvió a colocarlo en el dedo de la mano amputada.

—Voy a buscar al veterinario para que realice una cura de urgencia y nos suministre morfina. De paso, traeré algo de pasta para comer. No te muevas de aquí —ordenó Ángelo.

El hermano pequeño se aburría. Aquello no era tan divertido como secuestrar camiones de residuos tóxicos en la autovía Nápoles-Caserta, acogotando a los conductores y arrojando los vertidos en canteras abandonadas. Al rato, se decidió a retirar lentamente la manta que cubría el desnudo cuerpo de Fátima. Observó la cuidada y tersa piel, su cuidado pubis, sus senos turgentes, que comenzaron a llamarlo como si fueran sirenas. Después de todo, pasaría un buen rato antes de que regresase su hermano.

Escena 9

Cafetería Diez

MADRID, JUEVES 1 DE MAYO DE 1980

A Pepiño no le resultó difícil encontrar la Cafetería Diez, un pequeño bar a la salida de la recién estrenada estación de metro de Canillejas, en la prolongación de la calle Alcalá que se denominaba avenida de Aragón. Entró y se acomodó en el extremo derecho de la barra de acero inoxidable en forma de ele, junto a la cafetera. A su espalda, un jubilado con gafas de culo de vaso se enriquecía metiendo monedas en la tragaperras, mientras esta, machacona, no cesaba en su melodía de la famosa canción: ♫ *Pajaritos a bailar, cuando acabas de nacer, tu colita has de mover, chup, chup, chup, chup* ♫. El jubilado ni escuchaba la música y entre moneda y moneda sorbía de una copa de Veterano.

Al final de la ele, dos mozos peleaban una partida de futbolín y, a su lado, dos gamberros se gastaban en la máquina de marcianitos la recaudación mañanera pidiendo y amenazando en el metro a los estudiantes.

Pepiño se sentó en un taburete colocado encima de la montaña de papeles que había en el suelo: servilletas, boletos, colillas y todo tipo de restos que la gente tiraba al piso.

—¿Que va a ser? —le interpeló detrás de la barra una chiquilla con trenzas.

—Un medio de Larios con un chorrito de tónica en vaso de tubo.

La diligente camarera le sirvió en un santiamén el medio, acompañado de un blanco platillo de concha que tenía los panchitos salados contados.

—¿Está el jefe? —preguntó a la cría.

—Ahora está ocupado, no tardará en volver —respondió ella mirando a un taxista que acababa de entrar.

—Una copa de Magno —pidió el taxista en mangas de camisa, tan rollizo que los tirantes parecían a punto de soltarse repartiendo latigazos. Encendió un Winston y lanzó una bocanada directa y repleta de envidia hacia el jubilado que en ese momento recogía un premio.

Para hacer tiempo hasta que apareciera el jefe, Pepiño compró doscientas pesetas en boletos, aun a sabiendas de que estaban trucados.

—¡Ay, ay!

Los gritos desgarradores hicieron que casi se le atragantara el *gin-tonic*. Procedían del pequeño almacén del bar.

A los pocos segundos, salió un hombrecillo menudo con gabardina sujetándose el carrillo. Tras él apareció el dueño del bar con un alicate en la mano y una muela en la otra.

—Gracias, Pedro —se despidió el hombrecillo.

—¿Quién es el siguiente? —interrogó el camarero a los presentes.

—¡Yo, yo, que tienes que ponerme una *indición*! —contestó una mujer gruesa y mayor, vieja amiga de la Policía y que era conocida como la Reina.

Cinco minutos más tarde, el camarero ocupó su lugar junto a la cafetera.

La Reina pidió un Chinchón.

«Lo que hace la gente para ahorrarse unos duros en dentista y practicante», pensó Pepiño.

—Jefe —dijo Pepiño, abriendo su cartera y mostrando la placa—, estoy buscando a un golfo, un tal Kunfu, creo que vive en el barrio.

El camarero, hierático, se rascó el frondoso y oscuro bigote.

—Ese no es del barrio. Debe de vivir en la UVA de San Blas, aunque alguna vez ha venido por aquí.

En ese preciso momento, el Kunfu entraba por la puerta y Pedro, con los ojos, le hizo un gesto de aviso a Pepiño.

El ratero se sentó en el taburete al lado del policía y pidió un zumo de melocotón y una rodaja de limón. Se le veía alegre.

Pepiño se deslizó detrás de él y le puso la placa en la geta.

—¡Secreta! —le susurró en una oreja.

El otro ni se inmutó y dio un sorbo al zumo de bote.

Pedro se alejó para servir una Castellana con hielo a un obrero que, con mono azul y pañuelo blanco en la cabeza, se sonaba los mocos con los dedos a la puerta del bar.

—¿Dónde está el anillo, payaso? —amenazó el subinspector.

—No sé de qué me habla, madero —replicó, indiferente.

—¡El que sacaste de la mano cortada, imbécil! —recriminó el agente.

—Le repito que no sé de qué me habla —insistió el drogadicto intentando levantarse, pero las manos de Pepiño sujetaban sus hombros.

Le soltó un pescozón que sonó más que el daño que le hizo.

El taxista y el obrero estaban fascinados con la escena y se divertían de lo lindo. El jubilado hacía montoncitos de monedas en la barra contando sus ganancias.

A continuación, una toba en la oreja y un fuerte tirón de patillas obligaron al chaval a ponerse de pie.

—¡Joder, basta! Lo encontré deambulando por la calle y lo empeñé. ¡Coño, es la pura verdad!

—¿Deambulando? Ja —se carcajeó el policía—. ¿Cómo es que un puto yonqui como tú emplea esa palabra?

—¡Ostias, que me saqué el B.U.P.! ¿Qué se cree? Ay, ay…

—Está bien, lumbreras. ¿Dónde lo empeñaste?

—Se lo vendí a la Zarina por tres mil —apuraba, tratando de zafarse.

—¿Qué más viste, panoli?

—¡Nada más, se lo juro! Estaba nublado, llovía.

—¡Anda ya! ¿Me quieres decir que con esos ojos no viste nada más? Canta ya, o te tengo en el calabozo seis días a palo seco.

—No sé. Ya se lo he dicho, hombre. Cogí el paquete y me alejé un par de portales, lo metí en mi chupa como un *embarazao*… Bueno, de reojo sí que vi que alguien llegaba al trote y se quedaba petrificado en el portal, como los putos griegos cuando los miraba la Medusa esa…

—¿Medusa?

—Sí, jefe, que yo tengo un cociente intelectual alto.

—Sí, ya sé, tú tienes el B.U.P. Continúas o te arreo.

—Bueno, el tipo no era muy alto, vestía todo de negro: cazadora negra, pantalones negros metidos dentro de las botas, como los *jockeys,* botas negras y relucientes. Ah, y gorra negra, de plato, como la de un chófer. Me fijé que tenía una tirita en la mejilla. Era chino.

—¿Chino? Puto drogata de mierda, no hay chinos en Madrid.

—Bueno, jefe, en realidad, sí, en los restaurantes chinos…

Pepiño se mordió el labio. Dejó marchar al Kunfu, no sin que antes este le recordara al camarero que le diera la rodaja de limón.

El policía pagó la cuenta y abandonó el local. Caminó diez metros hacia su coche y se detuvo a encender un Rex delante de una acolchada puerta sobre la que avisaba un enorme letrero que decía «Canon 77». En ese momento se abrió la puerta y salió una mujer, que sacó un cigarrillo de la pitillera y se le acercó.

—¿Me das fuego, *sheriff?*

—¿Por qué me llamas así? —le preguntó, divertido.

—Porque hueles a *sheriff,* monada.

—¿De dónde eres, bomboncito?

—Canarias.

—Buenos plátanos y tabaco barato.

—¿Me invitas a una copa?

—Y a dos.

—¿Cómo te llamas?

—Fayna.

—Detrás de ti, guapa.

Ella abrió. En el fondo se veía una barra de bar también acolchada. Pepiño se lamió el dedo índice y, agitándolo en el aire, habló para sí mismo: «Las doce de la mañana, buena hora para una puesta a punto».

Cuarenta minutos después, arrancó el R5, insertó una cinta de Los Chunguitos en el radiocasete y, con un brusco cambio de sentido, enfiló hacia la calle Alcalá.

Escena 10

Salón de belleza

MADRID, JUEVES 1 DE MAYO DE 1980

Jimi se acercó a una cabina telefónica y realizó una llamada a casa para avisar a Mely de que llegaría tarde, pero nadie descolgó el teléfono.

En su bolsillo llevaba una lista de los mejores salones de belleza de Madrid, que había sacado de las Páginas Amarillas de la comisaría. Todos se encontraban en el barrio de Salamanca. Una mano tan cuidada debía de pertenecer a una mujer adinerada. Lo que no entendía era por qué le habían amputado la mano entera y no un dedo, por ejemplo, o una oreja, para asustar al pagador de un posible rescate. Pepiño le había puesto al día con lo del anillo, y eso suponía un gran avance. Un caso como este sería otro peldaño subido en su camino para llegar a ser comisario. Entonces, Mely se sentiría orgullosa de él y las cosas mejorarían.

Arrancó el GS y encendió la radio. En Los 40 Principales sonaba *La chica de ayer* y cantando a coro con la radio enfiló hacia el barrio de Salamanca. Tras varios intentos frustrados, entró en la calle Serrano. A veinte metros de la iglesia del Sagrado Corazón y San Francisco de Borja —en cuyo patio aterrizó el coche del almirante Francisco Carrero

Blanco, asesinado por ETA tan solo seis años antes—, divisó el salón de belleza Beauty Woman. Llamó al timbre y esperó hasta que le abrió una oficiala.

—Buenos días. Policía —se acreditó—. Necesito hablar con la encargada.

La joven no contestó y desfiló hasta una habitación. En un minuto apareció la encargada.

—Déjeme que pregunte a Petri, es nuestra manicura. Al cabo de unos segundos, regresó con Petri.

Jimi les enseñó la fotografía y ambas mujeres tornaron el rostro con expresión de horror.

—Reconozco esa mano. Hace tan solo unos días que hice esa manicura. Se trata de la señora Fátima Boyd, creo que es de Líbano.

—¿Tienen alguna dirección de su clienta? —interrogó el policía.

—No de todas. De algunas sí, ya que a veces piden servicio a domicilio. Déjeme ver su ficha un momento, por favor. —Y tornó de regreso a su despacho.

—Espero, gracias. Es usted muy amable —respondió Jimi mientras calibraba el trasero de la encargada.

—Aquí tiene su dirección: calle Aguacate B1, hotelito. Galapagar.

Escena 11

Anya

MADRID, JUEVES 1 DE MAYO DE 1980

Pepiño condujo por la calle Alcalá y, al llegar a la altura de El Carmen, giró a la izquierda, pasó de largo la parroquia Espíritu Santo y, dos calles más adelante, giró de nuevo a la izquierda. Aparcó en el primer hueco que encontró.

Anya Popov regentaba su negocio en el tercer piso de un modesto bloque en el barrio de Bilbao. Pepiño ya conocía la vivienda, incluidos el baño y el dormitorio. La Zarina estaba sentada tras su escritorio. Fumaba un Dunhill en una boquilla alargada de marfil. Entre la neblina, su hermoso rostro aparecía y desaparecía como una ensoñación. Pepiño se sentó frente a ella y encendió un Rex con filtro.

Anya sacó dos vasos de chupito del cajón de su escritorio y una botella de Chivas que previamente había rellenado con DYC y que guardaba para los amigos. Dejó abierto el cajón para tener a mano el Colt Cobra cargado con seis balas del 38 especial y que también guardaba para los amigos.

—¡*Nasdrovia!* —brindó la Zarina.

—¡Chinchín! —correspondió Pepiño.

Era una mujer de bandera, rubia, estilizada, ojos verdes, llevaba una cinta blanca en su peinado al estilo de los sesenta. Elegante y peligrosa, era la hija de un comisario político ruso que combatió en la guerra civil. Al retornar a su patria, se metió a contrabandista, y cuando la situación se puso fea, regresó a la España franquista, ofreciendo sus conocimientos al servicio de información de la Dirección General de Seguridad. Dos años después, sus compatriotas habían ajustado cuentas con él.

No fue hasta el quinto chupito que ella abrió fuego.

—José, querido, creía que ya no te volvería a ver. Si tardas un poco más, apareces sin nada de pelo.

Pepiño se encogió de hombros y dio una calada a su segundo Rex.

—A Kojak no le va nada mal —respondió, divertido.

—Supongo que vienes por trabajo —dijo ella, llenando su sexto chupito.

Pepiño tapó con la mano su vasito vacío.

—No, gracias. No puedo beber más DYC, estoy de servicio.

—¿Y cuál es ese servicio?

—Pues si no me equivoco, se trata del anillo que luces en tu anular, querida.

—¿Esto? Es un regalo que me ha hecho un yonqui por cinco mil pesetas. Pobre imbécil, vale al menos cuarenta mil.

—Pues, sintiéndolo mucho, tengo que requisarlo. Se trata de la prueba de un homicidio.

—No me jodas, José, es una preciosidad.

—Te compensaré.

—Pues si lo quieres, tendrás que quitármelo tú —le retó Anya, introduciendo su dedo en el vaso de *whisky* y acercándolo a la boca de Pepiño.

—Toma, Kojak, tu chupachús —le ofreció, picarona, y levantándose se dirigió a su dormitorio.

—Menos mal que he realizado una puesta a punto —se relamió Pepiño.

Escena 12

Ioka

MADRID, JUEVES 1 DE MAYO DE 1980

Abrió las Páginas Amarillas y acarició el teléfono. Buscó restaurantes chinos en Madrid y se enfocó en los barrios de San Blas y Canillejas. El índice se detuvo en uno de los anuncios de primera categoría: Restaurante Ciudad Prohibida. Conocía a un pinche de cocina allí. Se trataba de un adicto al opio y a la heroína con el que había compartido algún que otro viaje. Llamó y contactó con el encargado.

—Buenos tardes, compatriota. ¿Podrías comunicarme con Bao Da?

—Un momento, por favor.

La camarera fue a buscar a Bao a la cocina.

—Hola, Bao. Soy Tao, estoy buscando a una persona en tu barrio. Es un español enganchado a la heroína, de ojos saltones, apodado el Kunfu, según dice el periódico de esta mañana.

—Lo conozco de vista. Es cliente de mi proveedor habitual, la familia de los Pollos. Toma un bolígrafo y anota la dirección.

Perder a su protegida suponía toda una verdadera afrenta a su honor. Si todavía militase en la triada hongkonesa, ya habría perdido varios dedos, y más le valdría que la recuperase o lo que perdería sería la vida y con deshonor público.

El Bentley aparcó junto a la salida del metro de Canillejas. Por puro instinto oriental, el chino entró en la Cafetería Diez.

—Buenas tardes, señor Diez. Estoy buscando a un tipo llamado el Kunfu.

—No lo conozco —respondió agriamente Pedro.

—Oh, vamos… Sí lo conoce, es el tipo que encontró la mano en su baño.

—No parece usted periodista —indagó el camarero.

—Soy un amigo suyo.

—Ya le he dicho que no lo conozco.

—¿No querrá usted ponerme a prueba? —dijo el oriental, gesticulando la postura de la grulla.

Pedro calentaba la jarra de acero inoxidable llena de leche en el vaporizador de la cafetera, pensando en abrasarle como se pusiera pesado; no sería la primera vez.

—¿Para qué lo quiere usted, jefe? —preguntó el pequeño de la familia de los Pollos, que en ese momento entraba por la puerta.

—Tenemos que hablar —contestó el chino, poniendo un billete de mil pesetas sobre la barra.

—Vive en Vicálvaro, en la misma calle en que está la discoteca Barrabás. No tiene pérdida, jefe.

El chino salió presuroso y con un callejero se encaminó a la calle de Vicálvaro en la que supuestamente vivía el ladronzuelo.

La tarde se había encapotado en gran medida y una negra boina sumergía la ciudad en una oscuridad que precedería al torrente que iban a desatar los caprichosos dioses del Olimpo. En la carretera de Vicálvaro, la tormenta se desató en pleno con gran profusión de truenos y relámpagos. Los limpiaparabrisas no daban abasto. Le costó un buen trabajo encontrar la casa baja en la que vivía el adicto. Finalmente, protegido por un paraguas, llamó con los nudillos, pues no encontró ningún timbre. Era su día de suerte y el yonqui estaba colocado. La puerta se abrió tímidamente y el Kunfu asomó el careto.

—¿Quién es?

—Buenas tardes, deseo hacerle unas preguntas —contestó bajo el negro paraguas.

—Si eres de la bofia, llegas tarde. Ya me ha interrogado un poli cabrón.

—No soy policía, soy del otro bando.

—¿Del otro qué?

—Que no soy policía, solo deseo encontrar un objeto.

—Yo no sé nada de ningún objeto, colega.

Tao agitó en el aire tres efigies del rey Juan Carlos I por un valor de 5.000 pesetas cada una. El joven drogadicto no sabía ni que existieran esos billetes.

—Son 15.000 pesetas —dijo el oriental, y tan solo por responder a una pregunta.

—Un, dos, tres, responda otra vez —contestó el guasón.

—Solo guíame hasta donde está el anillo que encontraste en aquella mano cortada.

El Kunfu era desconfiado, pero se trataba de 15.000 pesetas.

Tras unos segundos con la lluvia golpeándole el rostro, se decidió. Ambos subieron al coche y el ratero lo llevó hasta el barrio de Bilbao. El chino aparcó en la misma puerta. Sacó unas esposas del bolsillo de su chaqueta y, como un relámpago, las enganchó por un extremo en una mano del Kunfu, cerrando la compañera sobre el volante. El yonqui se revolvió.

—Tranquilízate, que ahora te suelto. Solo quiero comprobar que no me has mentido antes de entregarte lo pactado, ¿no te parece lógico?

Tao se bajó del coche y se acercó al portal. Llamó al timbre y una voz femenina le abrió. Al Kunfu nada le parecía lógico y lo único en que pensaba era en liberarse de los grilletes. Aquello no le daba buena espina.

Tao subió las escaleras hasta la tercera planta, no había ascensor. Llamó al timbre y la mirilla se oscureció en el interior. Anya abrió y escoltó al chino hasta su despacho sin ocultar el Colt Cobra en su mano. Tao ya se esperaba algo así, aunque no pensó que sería tan fácil, parecía que estaba sola en la vivienda.

Se sentaron frente a frente y se miraron a los ojos.

—¿Qué desea usted? —preguntó Anya, iniciando las hostilidades.

—Deseo un objeto que creo que está en su poder y que me pertenece.

—¿Puede saberse de qué se trata?

—Se trata de un anillo de oro.

—Tengo varios anillos que podría ofrecerle.

—Este es especial, yo busco el anillo que le vendió ese drogadicto al que llaman el Kunfu. Verá usted, se trata de una joya de familia.

Anya sostenía su revólver con la mano derecha en el regazo.

—¿Y de qué precio estamos hablando?

—De cien mil pesetas.

El cerebro rapiñador de ella enseguida hizo cálculos. Si el chino le ofrecía esa cantidad, sería porque ese maldito anillo debía de tener un valor cien veces superior y no sería por su quilataje; más bien sería por el código alfanumérico que llevaba grabado en el aro y que permanecía intacto en su memoria. El anillo se lo había entregado a Pepiño.

—Lo lamento, pero el Kunfu tan solo me vendió una esclava de oro. No me ofreció ningún anillo.

Anya sacó lentamente un par de vasos de chupitos con los dedos de una mano y sin dejar de mirar al asiático se sirvió un culín. Le ofreció a Tao, que declinó la invitación.

—Si no le importa, beberé del aguardiente de mi país —dijo mientras del bolsillo interior derecho sacaba muy despacio una pequeña petaca de plata. Anya tenía el dedo apretando el gatillo. Tao alzó la petaca y se la mostró realizando un brindis. Le dio un largo sorbo y la guardó de nuevo en su chaqueta. A continuación, extrajo del bolsillo interior izquierdo un paquete de Chesterfield y un encendedor de oro. Le ofreció un cigarrillo cortésmente a su anfitriona, que aceptó escamada. Procedió a encenderle el pitillo y, en el momento en que prendió el encendedor y ella se inclinó levemente, escupió como un faquir todo el líquido que guardaba en su buche.

La llama del encendedor, que se había convertido en un lanzallamas, abrasó el rostro y el cabello de Anya, quien, más por sorpresa que por dolor, apretó el gatillo. El hongkonés saltó sobre ella y la tiró al suelo junto con su butaca. Ella soltó el revólver con la caída y el amarillo rápidamente la golpeó con el pisapapeles, haciéndole perder el conocimiento. Aguantando la quemazón de la pierna, arrastró a su víctima hasta el dormitorio, la lanzó encima de la cama, sacó otros grilletes del bolsillo de su pantalón y la esposó al cabecero. Con cinta americana procedió a taparle la boca. Se dirigió al baño e inspeccionó la herida de bala que era superficial pero aparatosa. La tapó también con cinta americana. Se limpió la sangre con una toalla mojada, se lavó los dientes con el cepillo de Anya y se enjuagó la boca para quitarse el sabor a gasolina. Tenía que darse prisa, no sabía si el disparo habría llamado la atención de algún vecino y sabía que el prisionero del Bentley estaría intentando escapar y no dudaría en pedir la ayuda de algún transeúnte. Por fortuna, llovía a cántaros y la oscura noche había convertido el barrio en un lugar lúgubre y solitario. Regresó a la habitación y comenzó el ritual de tortura que ya había empleado en muchas ocasiones en su tierra. Miró fijamente a la desmayada Anya y rememoró:

Era una noche muy parecida, solo que la lluvia no era seca. En el puerto de Hong Kong la lluvia era húmeda.

Recientemente se había tatuado el número 489 en su pecho, lo cual le otorgaba el rango de cabeza de dragón, es decir, el jefe de una de las numerosas bandas que formaban parte de las triadas chinas. La suya era una de las más pequeñas de la triada que formaban un ejército de 25.000 sicarios, pero su ambición no tenía límites, y esa tarde crepuscular sería cuando daría el golpe definitivo. Acompañado de dos secuaces, esperaban dentro de un vehículo a la puerta del Restaurante Victoria, del mismo nombre que el puerto. Desde allí, rodeado de miles de gigantes contenedores, Sun Yee On dirigía con mano de hierro su imperio criminal en calidad de jefe de la mayor banda de las triadas. Dentro del negro Honda Accord esperaban impacientes a que Sun saliera del restaurante. Como siempre, lo haría escoltado por dos de sus guardaespaldas. La idea era esperar a que le abrieran la puerta de su Mercedes Benz. Entonces sus dos secuaces dispararían con sus Sterling MK4 sobre los guardaespaldas, mientras él arrojaría dos piñas en el asiento trasero en que viajaba siempre Sun.

Era el año del mono y por eso llevaba un cordón rojo en su muñeca, para contrarrestar la mala suerte de su horóscopo. Debería haberse puesto más cordones, porque en aquel fatídico momento en que Sun salía del restaurante ellos hicieron lo mismo, y con las armas en la mano se dirigieron hacia el Mercedes. Entonces apareció un Land Rover de la Policía colonial británica que se detuvo frente a ellos, deslumbrándolos con sus faros y ordenándoles por megafonía que tirasen las armas. Atrapados entre dos frentes, los secuaces de Tao no duraron ni un instante, pero si algo de bueno tenía el mono, era la agilidad para dar saltos inverosímiles. Los escoltas de Sun identificaron rápidamente el tatuaje emblemático de la banda de Tao, que directamente marchó al aeropuerto para salir del país en el primer avión que despegara.

Anya se había despertado y al verse sometida, supo que había llegado su final. El chino, con el torso desnudo, sonreía malévolo. Se iba a divertir torturándola. Después la mataría. Ella decidió que únicamente le diría que le había entregado el anillo a Pepiño.

Tras media hora de tortura, Tao bajó las escaleras contrariado y con dos dedos en el bolsillo de la chaqueta. Esa zorra le había entregado el anillo a la Policía. Continuaba lloviendo a mares. Se introdujo en la parte trasera de su automóvil.

—Oye, tío, ¿qué coño te pasa? Pensaba que me ibas a dejar aquí toda la noche.

Desde atrás, el criminal oriental le apretó el cuello con su antebrazo en un mataleón mortal. Ahora debía deshacerse del cadáver. Lo podía arrojar a una cuneta, pero se acordó de que vivía solo. Mejor lo introduciría en su casa, que de paso rapiñaría, y ya cuando el hedor fuera insoportable, algún vecino lo encontraría.

Condujo de regreso a Vicálvaro y aparcó detrás de la discoteca. Rebuscó en los bolsillos del muerto, pero no encontró las llaves.

—Maldita sea —protestó en chino.

Tras unos interminables minutos, se decidió por encender un cigarrillo con el que se divirtió un rato. Luego otros dos dedos más fueron a parar a su bolsillo —hay costumbres que nunca cambian—. Finalmente, procedió a abandonarlo en un callejón.

Escena 13

Un cadáver de extrarradio

MADRID, JUEVES 1 DE MAYO DE 1980

El ring, ring del teléfono pilló a Medina engullendo los espaguetis.

—Cariño, es para ti, de comisaría.

—¿Diga? —disparó malhumorado, sorbiendo sin elegancia un interminable fideo—. ¿Ahora? Pero si ya he acabado mi turno… ¡Sí, sí, está bien!

Medina condujo por la carretera de Canillejas a Vicálvaro. Llovía a cántaros, así que circulaba despacito por la recta rodeada de descampado que limitaba el antiguo pueblo. Se cruzó con un coche en sentido contrario, que a toda velocidad se le echó encima obligándolo a salirse de la calzada para evitar el choque frontal. Menos mal que la terrosa cuneta era bien llana.

—¡Maldito cabrón, casi me mata!

Pasado el susto, reinició el trayecto. No le había dado tiempo a fijarse bien en el automóvil contrario, pero juraría que le había parecido un Bentley.

Aparcó su Seat 850 verde oliva en la puerta de la discoteca Barrabás en Vicálvaro, más conocida como El Barras. Bajó del coche y se protegió bajo el rojo rótulo.

«Menuda noche de mierda y menuda zona de mierda», pensó.

Dos coches patrulla Seat 131 de la Policía Nacional, comúnmente denominados Z, custodiaban la entrada y, más apartado, un furgón DKW F1000, más conocido como lechera, protegía la esquina y esperaba un posible cargamento de *heavies* detenidos.

El portero, malhumorado, vigilaba la puerta.

Un agente de uniforme y boina marrón bajó del asiento del piloto de un Z, saludó con formalidad a Medina y lo puso al corriente de la situación. Mientras tanto, en la boca del callejón, Martínez, abrigado bajo un enorme paraguas negro, tomaba declaración a dos jóvenes melenudos que lucían con orgullo su cazadora vaquera coronada de remaches en los hombros y un parche gigante de Iron Maiden en la espalda mostrando a un Eddie amenazador.

—Llegas tarde, compi —jalonó Martínez mientras arañaba notas con su diminuto lapicero en una pequeña libreta.

—Ya, tuve que parar a echar gasolina.

—Haz como yo, pillo un «pelas» y le paso la factura al Cuerpo.

—¿Qué tenemos? —preguntó Medina, refugiándose bajo el paraguas de su compañero.

—Estos dos chavales salieron a mear y se encontraron el fiambre.

—¿Y por qué salisteis afuera? ¿No había sitio dentro?

—Bueno, también queríamos fumarnos un peta, dentro no nos dejan —contestó uno de los *heavies*.

—¿Y entonces? —contratacó Medina.

—Ya se lo hemos dicho al compañero: meamos y, al encender la *ele,* vimos a un tipo sentado en el suelo con la espalda apoyada en la pared y la cabeza caída en la barbilla. Al principio, pensamos que era un drogata que se había *quedao colgao,* pero cuando vimos que le faltaban dedos, llamamos a la pasma.

—Cuida tu lenguaje, chaval —lo amonestó Medina.

En ese momento, llegó Aníbal Expósito, el viejo forense, acompañado de su equipo.

—Vaya nochecita, señores. Veamos qué es lo que tenemos aquí.

Su lisonjero ayudante lo cobijó bajo el gran paraguas regalo de Caja Madrid. El doctor se acuclilló con dificultad y, tras una observación preliminar, apuntilló su informe.

—Está muerto. Tiene dos dedos amputados y lo que parecen ser quemaduras de cigarro en la cara. Causa probable de la muerte: que dejó de respirar.

Los agentes, que ya lo conocían, no le rieron la gracia, pero el adulador ayudante lo hizo estrambóticamente.

—Está bien, chicos, creo que lo han estrangulado. Cuando realice la autopsia, tendréis más datos. Continúe usted con el levantamiento, Ramírez, que yo espero en el coche a que venga la jueza, que ya no estoy para estas nochecitas.

—No se preocupe, señor, que yo me encargo de todo. Usted descanse, señor. Si está usted pensando en jubilarse, señor, le agradecería que me recomendase, señor.

—Sí, sí, claro, Ramírez, es usted un buen chico.

Aníbal regresó a la ambulancia, llevándose el paraguas. Se sentó en el asiento del copiloto, bebió un buchito de anís de la petaca que llevaba en su bata y se echó una siesta.

En ese momento llegó la jueza de guardia. Su señoría Dorotea Smith venía con cara de enfado. La habían interrumpido cuando firmaba una orden de registro sobre el torso desnudo de un agente tumbado en su cama matrimonial y había tenido que echarlo de su casa para acudir al levantamiento.

—Aquí ya no pintamos nada —le comentó Martínez a Medina—. ¿Por qué no me acercas? No vivo lejos de tu casa y a estas horas aquí no voy a encontrar un puto taxi.

Medina asintió.

—¡Joder, menuda antigualla! —estalló el subinspector—. Estos ya no se fabrican.

—Lo heredé de mi suegro —se justificó Medina—. Mi esposa se quedó con el Seat 600 y todavía aguanta. Ya verás cuando lo ponga a 100 por la carretera de Vicálvaro, ¡está hecho un toro!

Arrancó y se perdieron por la carretera en pleno descampado hasta Madrid, pero a mitad de camino comenzó a salir humo del motor y el coche murió.

—¡Vaya faena! —exclamó Medina—. A ver dónde encuentro una grúa a estas horas y con la que está cayendo.

—Tendremos que esperar a que escampe, habrá que caminar —añadió Martínez, encendiendo un pitillo.

Medina comenzó a toser y bajó del coche para hacer un pis en la cuneta. La lluvia se había convertido en un calabobos. A distancia se acercaban los faros de un coche. Martínez lo vio y salió para hacer señas desde la cuneta. El bólido que conducía la jueza Dorotea Smith no se detuvo y pasó de largo, salpicando los pantalones del policía.

—¡Maldita ramera! —gritó.

Diez minutos más tarde, apareció la DKW que regresaba de Vicálvaro, seguida de la ambulancia. La comitiva se detuvo al llegar a la altura del 850.

—Nos hemos quedado tirados —informó Medina al agente conductor—. ¿Puedes acercarnos al taller más próximo?

—Claro, pero atrás solo hay sitio para uno; el otro que vaya en la ambulancia.

Sin dar tiempo, Martínez ya estaba intentando subirse en la ambulancia. El copiloto de la DKW abrió el portón trasero de la furgoneta. Efectivamente, estaba repleto de *heavies* esposados. Medina subió y se sentó en el único hueco libre.

—¿Y a ti por qué te han trincado, compi? —preguntó uno de los melenudos.

—¿Tienes un cigarrillo? —le pidió malhumorado el portero de la discoteca.

Mientras, Martínez subía a la parte trasera de la ambulancia, donde se sentó junto a su compañero de viaje, que iba metido en una bolsa para cadáveres. No perdió mucho tiempo en descorrer la cremallera y tantear en los bolsillos del muerto. Tan solo sacó un BIC que se guardó en el bolsillo.

Escena 14

Paul Castellano habla con su hijo

Staten Island, New York
Viernes 2 de mayo de 1980

Philip Castellano caminaba con presteza. El esbelto traje mil rayas con sombrero negro de fieltro le concedía un aire de elegancia intemporal. Atravesó por los jardines Versalles para atajar. Un jardinero permanecía ensimismado en su trabajo. Al fondo otro empleado con un recogehojas mantenía a punto la piscina. Entró y le pidió un café a una sirvienta que se dirigía a limpiar uno de los diecisiete baños que tenía la gigantesca mansión. Una empresa de *catering* se afanaba en la preparación de la gran fiesta del viernes, la presentación en sociedad de su hermana Connie. Fue directo al salón estilo Luis XIV, donde lo esperaba su padre tomando café junto a la chimenea, sentado en una silla alta, de la que únicamente sobresalía la poblada y morena coronilla del capo.

Philip saludó, dejó el sombrero sobre la mesita y se sentó en el amplio sofá para cuatro personas. Paul Castellano se levantó, dejó la taza en la mesita y se sentó al lado de su hijo. Philip esperó a que hablara su padre, quien, tras unos segundos de silencio calculado, comenzó su charla:

—Hoy me ha sacado de la cama Carlos Boyd. —Philip no recordaba quién era ese tipo, pero permaneció en silencio—. Ese estúpido me ha dicho que habían secuestrado en Madrid a su esposa, que tenían la numeración de la cuenta y lo chantajeaban para que les diese la contraseña de acceso.

—¿Quién es ese Carlos y de qué cuenta se trata? —lo interrumpió, ahora sí, el hijo.

—Es el testaferro que tenemos en Panamá, el director del Technological Bank of Panama. La cuenta es la que siempre usamos para el asunto de la venta de cemento y no podemos perderla, pues es la que empleamos para los sobornos en el Sindicato de Transportistas.

—¿De cuánto hablamos?

—De 950.000 dólares.

—¿Quién y cómo han descubierto la cuenta?

—El quién es lo que tú tienes que averiguar. El cómo, el muy imbécil la tenía grabada en una alianza que regaló a su esposa.

—No veo el problema. Dejamos que se carguen a la mujer y asunto finiquitado. Él no les dará la contraseña, si sabe lo que le conviene.

—Es que es aún peor que eso —dijo, apretando la mandíbula con furor—. También le regaló unos pendientes con forma de abanico. Adivina lo que grabó en ellos el animal… ¡La contraseña! Según él, solo es visible por un aparato llamado microscopio electrónico.

—¿Y cómo es que ese cretino es nuestro director en ese banco? —interrogó Philip.

—Le debía un favor que me hizo al cargarse a aquel tipo de los Black Spades. Gracias a ello, pudimos introducirnos en el Bronx.

—Pues se soluciona cambiando la contraseña.

—Me dice que está en ello, pero que hay que acudir en persona a Panamá para firmar el cambio y yo ahora no puedo salir del país. El FBI tiene grabadas conversaciones de ese imbécil de Ralph Scopo[1] extorsionando a los constructores y ha salido a relucir mi nombre. Si salgo del país, esos malditos federales me seguirán los pasos, y la Comisión me colocará en su punto de mira si piensan que intento escapar.

—*¡Porca miseria!*

Philip se levantó enfadado. Paul le dio un tirón de la manga para que se sentase.

—Quiero que envíes inmediatamente a Madrid a Mike y a unos muchachos para solucionar esto y que averigüen quién nos la está jugando.

Philip se dio por enterado, se levantó de nuevo y, cuando se alejaba, Paul lo llamó. El hombre elegante giró 180 grados.

—¡Ah! Busca a Ronda y hazle un encargo: que finiquite de forma urgente a ese pedazo de mierda y a su esposa. No quiero cabos sueltos.

---

[1]   Presidente del Consejo de Distrito de los Trabajadores del Cemento y el Hormigón del Sindicato Internacional de Trabajadores de Norteamérica, extorsionaba a los constructores a cambio de pax laboral y de asignarles contratos al llamado Club del Hormigón, el cual pertenecía a la Comisión (comité dirigente formado por los jefes de las cinco familias mafiosas de New York, incluyendo la familia Gambino).

Escena 15

Malasangre

Madrid, viernes 2 de mayo de 1980

Pepiño apareció en la comisaría con un café con leche en vaso de cristal en una mano y una torre de picatostes envueltos en servilletas de papel en la otra. Venía del bar y el aliento le olía a Anís del Mono. Comenzó su desayuno y se acordó de Fayna. Tendría que pasarse otra vez por el Canon 77 para recoger el cartón de tabaco que le había encargado y para pedirle otro más. Medina llegó jadeando con otro café en vaso de cristal quemándole la mano, y se sentó en el escritorio contiguo.

—¡Vaya nochecita! Aún no he pegado ojo.

—¿Y eso? —pregunto Pepiño sin importarle la respuesta.

—¡Joder, un puto yonqui asesinado anoche en Vicálvaro y nos tuvo que tocar a Martínez y a mí el servicio! Un tal Kunfu…

—¿Qué has dicho? —le cortó secamente Pepiño.

—Pues tío, un yonqui que apareció asesinado, junto a la discoteca Barrabás, la de los *heavies,* en Vicálvaro…

—¿No sería sobredosis? ¿Qué pintaba ese por allí? —indagó Pepiño.

—No sé, supongo que iría a pillar o a trapichear, pero una sobredosis no te amputa dos dedos de la mano y te llena la cara de quemaduras de cigarrillo.

A Pepiño se le paró el corazón. Temiéndose lo peor, bajó las escaleras en tiempo récord, subió al R5 y salió como un cohete.

Medina agarró sus huérfanos picatostes.

En cuarta y zigzagueando, alcanzó el barrio de Bilbao. Derrapando, aparcó de poco oído, sacó de la guantera un revólver Astra 960 y lo hundió en su cintura. Subió con tiento las escaleras mientras desenfundaba de su sobaquera su pistola Llama M-82. Quitó el seguro y apretó con fuerza la empuñadura. La puerta estaba abierta y él conocía la casa a la perfección.

El despacho estaba revuelto, el cajón del escritorio vacío y había papeles tirados por el suelo. La botella de Chivas yacía bajo la silla. Un cuadro caído dejaba ver mostraba la caja fuerte abierta en la pared. Agarró los tres billetes de 20 dólares que estaban desperdigados por el suelo, se los metió en el bolsillo y se dirigió en silencio hasta el dormitorio, donde la encontró tumbada en la cama, mirando algo en el techo, relajada y muerta. Tenía las manos atadas al cabecero de la cama y le habían quitado la blusa y dejado el sujetador. Le faltaban dos dedos y tenía varias quemaduras en el rostro y en el pecho. El cuello amoratado y su cara cianótica facilitarían el trabajo del forense. Se sentó a su lado y lloró por primera vez en mucho tiempo. Pasados unos minutos, inspeccionó la habitación. Debajo de la cama había un casquillo que recogió con su pañuelo; sin duda era calibre 38 especial, así que, a fin de cuentas, quizá Anya había hecho uso de su Colt Cobra. Entró en el baño y observó varias toallas enrojecidas en el lavabo.

—Mujer valiente, así que le disparaste. Esto es sangre china.

Sacó el revólver de su cintura y lo introdujo en el bolsillo exterior de su chaqueta, donde aún guardaba el anillo. No se lo había entregado todavía a Blanco, porque no quería que él se llevara todo el mérito. Entre Jimi y él solucionarían el caso.

Agarró el anillo y lo acercó a la bombilla. Volvió al despacho de Anya y regresó con una lupa para leer la inscripción: «M6JZ1802TBP».

Escena 16

Un ojo a la virulé

Despacho de Carlos Boyd
Viernes 2 de mayo

Aparcaron el Ritmo en una plaza para personas con discapacidad justo frente al portal de Santa Engracia, 77. En el portal había una placa de una notaría, nada más. Como la puerta estaba abierta, accedieron y se asomaron por los buzones, pero nada, ninguna señalización. Tampoco estaba el portero. Subieron por las escaleras de mármol blanco hasta la segunda planta. La placa de latón dorado delató la puerta del despacho: «Technological Bank of Panama».

Llamaron al timbre. Una mujer bajita y madura abrió la puerta.

—Buenos días, señora. Somos agentes de la Policía —informó Jimi—. Desearíamos hablar con el señor Boyd.

—Lo lamento. El señor Boyd está de viaje. Creo que ya se lo avisé por teléfono —dijo intentando cerrar la puerta, pero los negros botines del inspector se lo impidieron.

—¿No hueles a humo, José?

—Ciertamente.

—Me parece que nos encontramos ante una emergencia —dijo Jimi en voz alta y empujó la puerta hacia dentro.

—Pero no pueden hacer esto —protestó la ofendida secretaria mientras era arrastrada por la corriente.

Los agentes fueron directos a la que parecía la puerta de un despacho. Jimi golpeó con los nudillos y entró avisando:

—¡Policía! —Nunca se sabrá quién puso la mayor cara de sorpresa.

Se encontraron con un tipo vestido de chófer, con gorra de plato incluida, que sentado en una silla de dirección agarraba un vaso de *whisky* con una mano y con la otra sujetaba una cabeza entre sus piernas, pero esto no podían verlo los agentes. Lo que sí veían eran dos zapatos castellanos color burdeos que sobresalían por debajo del escritorio.

—¡Joder, el chino! —gritó Pepiño.

El chófer se levantó de un brinco y con su miembro fuera lanzó de inmediato su vaso y la botella que había sobre la mesa contra los estupefactos agentes, para rápidamente girar y abrir la puerta lateral del despacho.

Los agentes esquivaron como pudieron las armas arrojadizas y se abalanzaron tras él, uno por cada lado del escritorio. Jimi tuvo la mala suerte de tropezarse con el calvo y sudoroso pasante que acababa de incorporarse sin saber lo que ocurría y ambos cayeron al suelo revolcándose como croquetas. Pepiño intentaba alcanzar al oriental que bajaba a toda prisa por las escaleras. En el rellano de la primera planta el chino se volteó y lanzó su gorra contra Pepiño, con tan buena puntería que le dio con la visera en un ojo, cegándolo el tiempo suficiente para continuar su huida.

Cuando Jimi llegó al portal su fatigado compañero miraba hacia ambos lados de la calle, pero el amarillo había desaparecido.

En el Blockbuster de al lado, Tao disimulaba mirando cintas de vídeo mientras, de vez en cuando, oteaba sobre las estanterías por si aparecían los policías.

Jimi y Pepiño subieron de nuevo al despacho e interrogaron a la secretaria, quien confesó que lo único que sabía era que el chino era el chófer del señor y guardaespaldas de la señora. El avergonzado pasante juraba que era la primera vez que lo veía y que lo había hecho por dinero; bajaron de nuevo y caminaron hasta el coche, pero este ya no estaba en su sitio. Preguntaron al portero, que recién regresaba de desayunar en la cafetería de al lado y les informó de que alguien —seguramente, él mismo— había avisado a la grúa. Regresaron una vez más al despacho desde donde telefonearon a Blanco.

—Señor, ese tipo se cargó al Kunfu y a Anya Popov. Debemos cursar de inmediato una orden de búsqueda y captura.

—No se precipite, agente Vidal. No tenemos pruebas, ni siquiera un indicio. Según usted, el sospechoso estaría herido. Entonces, ¿cómo es que se les ha escapado? ¿Lo ha visto usted cojear, o es que no tiene usted forma física?

Pepiño, enfadado, le pasó el auricular a su compañero.

—¿Se puede saber por qué aún no habéis interrogado a Carlos Boyd?

—Su secretaria nos dijo que estaba de viaje y que le daría el recado —contestó Jimi.

—Ahora les indico el domicilio de Carlos Boyd y se presentan allí de inmediato para entrevistarlo —ordenó—. Algo no me cuadra y quiero saber qué es. Voy a llamar al embajador para que me dé su dirección. Páseme con Vidal.

Pepiño se puso al aparato refunfuñando.

—Vidal, vaya inmediatamente a ver a la jueza y le pide una orden para intervenir los teléfonos de Carlos Boyd y otra para registrar su despacho y su casa. Que Stuart vaya encargándose del registro y los pinchazos, que se lleve a Medina y Martínez.

—Jefe, ¿no podría encargarse otro de pedir la orden a la jueza? Es que a mí no me puede ni ver —se excusó Pepiño.

—¡No! Estás castigado. Tráeme esa orden como sea, aunque tengas que follártela para conseguirlo.

Hicieron otra llamada y a los tres minutos unos compañeros los llevaron en un coche patrulla hasta el Depósito Municipal de la calle Hermanos Machado para recuperar su Seat Ritmo.

Si por él fuera, a Pepiño no le importaba follársela, pues la jueza era bien apetecible. En cinco minutos se encontraban camino de la calle Santiago de Compostela, 1, y en veinticinco estaba subiendo los escalones de entrada a los juzgados de la plaza de Castilla, mientras Jimi esperaba en el coche.

Alcanzó la segunda planta y aporreó la puerta del juzgado número 2. Esperó un segundo y, como no hubo respuesta, entró. La secretaria no estaba, así que se acercó directamente el despacho de la jueza que se encontraba ensimismada con la lectura de un auto.

—Buenos días, señoría. Disculpe que la interrumpa…

La jueza Dorotea Smith levantó los ojos por encima de las gafas y, por un instante, dudó. Pero pronto cayó en la cuenta de que se trataba de ese odioso y maleducado policía. No pudo reprimir una mirada venenosa antes de responder.

—¡Caramba, sí que se ha puesto guapo para la ocasión! —se burló, fijándose detenidamente en su ojo amoratado—. Y ahora, ¿qué desea?

Pepiño hizo su trabajo lo mejor que pudo. Dorotea se levantó y se dirigió hasta el amplio ventanal. Luego se giró y, transformada de fiera en un amable corderito, dictó sentencia:

—De acuerdo, se sentó en la máquina de escribir de su secretaria y redactó la orden pertinente para una intervención telefónica e instalación de micrófonos. Después la selló con su estampilla y se la entregó al sorprendido agente.

—Muy amable, señoría —se despidió Pepiño, retrocediendo sin darle la espalda, pero al llegar al umbral de la puerta ella lo detuvo.

—José, da la casualidad de que tengo dos entradas para ver el derbi del domingo. ¿Usted de qué equipo es? —lo interrogó, inquisitiva.

—Del mismo que usted, señoría —respondió Pepiño, avispado.

—Genial, entonces recójame a eso de la cuatro. Después iremos a tomar algo a Colossimo's en Juan Bravo y discutimos si existen indicios suficientes para redactar una orden de registro.

Pepiño salió perplejo. El día iba mejorando. Se acordó de las palabras de Blanco. A ver si era vidente…

Escena 17

Interviú en Galapagar

Malhumorado y con el ojo a la virulé, Pepiño cedió el puesto de conductor a su compañero y pusieron rumbo a la sierra de Guadarrama.

—¿Por qué te lo tomas tan a pecho? —le preguntó Jimi.

—No sé, coño, me caía bien Anya.

—¿No estarías liado con ella?

—Guarda las preguntas para Carlos Boyd —le reprendió. Jimi encendió el transistor y la Creedence llenó el hueco de silencio entre ambos compañeros.

Una hora tardaron en recorrer los 33 kilómetros que les separaban del pueblo de los galápagos. Llegaron hambrientos y aparcaron frente al enorme chalé.

Jimi pulsó el interfono.

—¿Quién es? —saludó la criada filipina.

—Policía.

La cancela se abrió tras unos interminables segundos en los que se suponía que la sirvienta consultaba con el señor. Ignorando el chirrido de los goznes, los agentes caminaron sin garbo por el suelo empedrado. La mujer oriental los esperaba en la entrada de la casa con la puerta abierta. Sin decir nada, los acompañó hasta el despacho del señor en la planta baja.

—Buenos días, señores —saludó Carlos Boyd, levantándose de la butaca de dirección—. Siéntense, por favor. ¿Desean tomar algo?

—No, gracias —contestaron los agentes, que en su interior se morían por un pincho de tortilla.

—Pues bien, ustedes dirán.

—Venimos en relación al posible secuestro de su esposa. —Jimi dirigía la conversación en calidad de superior.

—Ah, el secuestro —añadió, dubitativo—. Pero yo no he denunciado su desaparición —comenzó a echar balones fuera.

—Cierto, señor Boyd. Pero nos consta que su esposa quizá haya sido secuestrada y queremos ayudarle. Nos gustaría que nos diese todos los detalles y, de esta forma, seguro que podemos solucionarlo satisfactoriamente. Verá, señor, no es el primer secuestro al que nos enfrentamos. Tenemos experiencia y medios. ¿Cuándo desapareció su esposa?

—El martes a esta misma hora.

—¿Tiene usted algún sistema de alarma o cámaras de vigilancia?

—No. Tenemos, bueno, teníamos a nuestro Rocky, el dóberman que los secuestradores mataron. Déjenme que les muestre la casa y cómo lo hicieron.

Unos minutos más tarde, regresaron al despacho.

—¿Cuándo se pusieron en contacto con usted?

—Esa misma tarde.

—¿Cómo lo hicieron? —interrogó Jimi, molesto por tener que sacarle la historia con sacacorchos.

—Llamaron por teléfono a mi despacho.

—¿Qué fue exactamente lo que le dijeron?

—Que tenía que entregarles cien millones de pesetas —mintió.

—¿Eran españoles?

—Creo que sí.

—Presente usted una denuncia de desaparición y comenzaremos el operativo.

—Lo lamento, pero no voy a denunciar nada. Esta situación la voy a resolver por mí mismo.

—No lo entiendo. ¿Rechaza usted nuestra ayuda? ¿Sabe que una mano cortada, que con seguridad es la de su esposa, ha sido encontrada en una caja de zapatos?

—Lo leí en ese horrible periódico que solo noticia sucesos horrorosos, pero esa mano no es la de mi querida Fátima.

—Pues nosotros pensamos que sí lo es y no podemos dejar este asunto en el aire. Imagínese que su esposa no aparece, ¿quién dice que usted no ha estado involucrado?

—¡Cómo se atreven! Hagan el favor de marcharse de mi casa.

—Una última cuestión —intervino Pepiño.

—Háblenos usted de su chófer, el chino.

—¿Mi chófer? ¿Qué tiene él que ver en esto?

—Pues que, de momento, es sospechoso de dos asesinatos. ¿Sabe dónde podemos localizarlo?

—¿Asesinatos? Pero ¿qué locura es esta? —Carlos Boyd sentía como el nudo corredizo iba cerrándose alrededor de su garganta—. No sé dónde se encuentra ahora mismo, pero él vive aquí con nosotros.

—¿Le importaría que echásemos un vistazo en su habitación?

—Supongo que no —cedió acongojado el banquero y los acompañó hasta la pequeña habitación sin ventanas del hongkonés.

Tras un rápido registro, no encontraron nada en especial.

—¿Le importa que revisemos su coche?

El panameño los acompañó a la cochera, abrió la puerta y les mostró su vehículo. En un rápido registro lo único que encontraron en la guantera fue una caja de tiritas y una revista de porno gay.

—¿Cuándo y en qué lugar se ha concertado la entrega?

—Aún no lo sé. Supongo que pronto llamarán. Espero que los secuestradores no se hayan espantado con la noticia del periódico.

—Póngase en contacto con nosotros. Le reitero nuestra total disposición a colaborar —dijo Jimi, entregándole una tarjeta.

Los detectives retornaron a Madrid en su auto.

—¿Picamos algo y vamos a informar a Blanco? —retó Pepiño.

—Vale.

—Muy reticente lo he encontrado, esto huele a chamusquina.

—¿Crees que el chino también podría formar parte de la banda de atracadores? —interrogó Jimi.

—Más bien, me parece que lo que intenta es rescatar a la señora a toda costa. Puede que se trate de algo más que un secuestro económico. Es demasiado rebuscado. Quizá se trate de algo personal u otro tipo de extorsión, qué sé yo, política o negocios.

Pepiño prendió la radio y dejaron que Pink Floyd les calmara el hambre.

Aún sentado en su despacho, Carlos Boyd encendió un habano para tratar de concentrarse y se sirvió una copa de coñac. Jugaba sus cartas lo mejor posible, pero la partida se había puesto en su contra. Pronto llegaría el séptimo de caballería, pero ahora, con la Policía atenta, la situación era de máximo riesgo. Quizá iba siendo hora de desaparecer.

La criada le comunicó que la comida estaba preparada.

Tao salió del cuarto trastero que había en el patio. Había permanecido escondido dentro de un arcón de madera repleto de ajos. Renqueante y con peor cara que un vampiro, entró en la casa.

SEGUNDA PARTE

Escena 18

Boda de Rebeca

SAN AGUSTÍN DEL GUADALIX, MADRID
SÁBADO 3 DE MAYO DE 1980

La finca La Casona ocupaba 80.000 metros cuadrados, de los cuales Jimi restó dos metros cuando aparcó su Citroën GS. Descendieron los tres. Mely admiraba con envidia los coches de lujo aparcados a su alrededor: Ferrari Testarossa, Audi, Alfa Romeo SZ, incluso un Bentley con chófer.

Pepiño abordó al primer camarero que cruzó. En menos de treinta segundos se había tomado dos vasos de vino. Se limpió la boca con la manga del traje.

—¡Me cago en…! —gruñó cuando recordó que el traje era alquilado y debía devolverlo limpio, o no rescataría la fianza.

Mely apuraba su copa de champán, que no era Krug. Estaba preciosa con la rosa gigante que llevaba prendida en el cabello. Jimi se sentía muy orgulloso de ella.

Los sentaron en la misma mesa que su comisario, quien venía acompañado por su esposa Matilde. Nada más verlos aparecer, el semblante de Blanco adquirió un tono rojizo y la úlcera comenzó a hacer acto de presencia.

«¡Maldita sea, mira que invitar a estos cenutrios!». Pero Rebeca les debía un favor, así que la mesa era la única representación del Cuerpo.

Blanco presentó a su esposa a los recién llegados: esbelta, morena, unos trece años menos que Blanco, calculó Pepiño a ojo de buen cubero, aproximadamente veintidós años.

«¿Qué carajo hace esa bandera ondeando en el mástil del impresentable de mi jefe? Será la erótica del poder, porque otra cosa…».

Matilde era muy simpática y parlanchina, y no paraba de hablar con Mely en voz alta.

—Mira, Mely, en aquella enorme mesa —dijo señalando con el dedo— está el ministro de Asuntos Exteriores de Cuba; a su izquierda, un hermano del 13º emir de Kuwait; a su derecha, el dueño del Banco Central Antillano; junto a él, un banquero, creo que panameño, cuyo nombre no recuerdo; ese otro es Jacobo Haro, el dueño de GLH; el hombre con gafas de sol es el cónsul honorario de Sudáfrica; junto a él se encuentra Júpiter Tautean, la mano derecha de Ceaucescu, el dictador de Rumanía; el hindú es un magnate de nombre indescifrable; con ellos, con barba y media melena, está Eduardo Girón Urizar, antiguo fiscal provincial de Madrid, que se ha pasado al bando de la defensa de peces gordos a través de su bufete Girón y Montaner Asociados. Justo en ese momento, las miradas de Mely y Eduardo Girón se encontraron y este levantó levemente su copa en señal de saludo. Mely, azorada, bajó la vista.

—¡Oh, qué hombre tan interesante…! —insistió Matilde—. ¡Seguro que tiene que ser un empotrador!

Blanco se atragantó con la *vichyssoise.* Los demás disimularon como pudieron.

Pepiño observaba la mesa de los vips desde el plano cenital que formaba en su imaginación.

«Ni una sola mujer, ¡curioso!», pensó.

Con disimulo, dejó caer a propósito su tenedor y, agachándose, introdujo la cabeza bajo el mantel. ¡Menuda colección de piernas! Matilde las tenía levemente separadas, así que pudo vislumbrar lo que imaginó eran unas braguitas negras, ¿o era otra cosa? En menos de dos segundos se había incorporado, no sin antes esquivar la mirada de reproche de su compañero, quien ya sabía que siempre hacía lo mismo.

—Voy al baño —dijo Pepiño, bebiéndose de un trago el sorbete de Jimi—. Si dan a elegir entre solomillo y pierna de cordero, me pedís los dos —dijo, y arrancó haciendo eses.

A Blanco le salió otra úlcera.

En el mismo instante, un hombre de rasgos orientales, con dos tiritas en la cara y cojeando ostensiblemente, susurró algo al oído a Carlos Boyd y se alejó en dirección a los jardines.

Mely también decidió acercarse al tocador. Al salir, tuvo un encuentro nada fortuito con Eduardo Girón.

—Perdone, *madame,* le presento mis excusas. Mi nombre es Eduardo Girón…

Pepiño salió refrescado del baño y se sorprendió al ver lo cerca que estaban la una del otro. Mely y Eduardo hablaban como íntimos amigos. Cuando la mano de Eduardo se deslizó suavemente sobre la cintura de ella, el policía se acercó a su lado y les propinó un leve empujón haciéndose el encontradizo. Mely se ruborizó de nuevo.

—*A bientot, madame* —se despidió Eduardo, besando la mano de ella. El fogonazo causado por el brillo de su Rolex y el de su blanqueada sonrisa fue lo más parecido al de un *flash*.

«Tiene dientes de mentiroso», pensó Pepiño al ver sus dientes separados mientras acompañaba a Mely a la mesa. Al llegar torció el gesto. Nada de solomillo, nada de cordero: había merluza en salsa.

Antes de comenzar el baile, la pareja de novios recorría las mesas saludando a los invitados. Al alcanzar la mesa del Cuerpo, todos se pusieron de pie. Rebeca y Matilde se fundieron en un eterno abrazo. Ambas jóvenes lagrimeaban, gesto que captó la atención de Pepiño. A continuación, los hombres entregaron sin remilgo los sobres de regalo con dinero.

«Pues sí que son amigas», pensó Pepiño.

—No olvidéis venir a casa tras la de luna de miel. Os preparé Sharlotka de manzana, el postre favorito de Agustín —dijo Matilde a modo de despedida.

En cuanto los novios se marcharon, comenzó el baile y Pepiño se quedó solo. En la cuarta pieza Jimi se rindió y regresó a la mesa. Pepiño se levantó y se dirigió directo a la barra y pidió un combinado. En la pista de baile Eduardo Girón tomaba de pareja a Mely.

Escena 19

Buenas noches, señoría

MADRID, DOMINGO 4 DE MAYO DE 1980

Pepiño aparcó frente al domicilio de la jueza y esperó a que ella bajara de su vivienda. Se entretuvo leyendo el editorial de *Diario 16* acerca del fallecimiento del presidente de Yugoslavia, Josip Broz Tito.

Perfumado con Eau Sauvage, su arma secreta, se recreaba viéndose a sí mismo bajo el ritmo de *Self Control* de Laura Branigan, igualito que en el anuncio televisivo: «Aún más intensa, aún más presente, aún más *sauvage*». Así era como se sentía, como un salvaje.

«Hoy marco un *hat-trick»*, fantaseó.

La portera del equipo contrario, a la que tenía que marcarle los goles, apareció vestida de noche.

—Dorotea, que vamos al fútbol, no a un cóctel.

—Llámame señoría, que me gusta más.

—Llámeme usted a mí señor comisario, que también me gusta.

—Todo a su tiempo, José. Cuando seas comisario, me lo recuerdas. Guau, llevas Eau de Sauvage. Me encanta esa colonia. Estoy deseosa de que me muestres tu lado más salvaje. —Hasta el propio Pepiño se sonrojó.

Tras el derbi fueron a celebrar la victoria a Colossimo's de Juan Bravo. El pianista versionaba a su manera *Your Song* de Elton John. La pareja se sentó en un sofá de escay en el rincón más íntimo. Dorotea puso un paquete de Winston sobre la mesa y ambos cogieron un cigarrillo. El ambiente era todo lo contrario al estadio de fútbol, reposado y envolvente. Ella se pidió su primer Manhattan sin hielo y comenzó a hablar acerca de su niñez. Ya iba por el segundo cóctel cuando llegó al día del parto. Con cada sorbo que daba del rojo elixir más brillaba su labial y más se encendía el salvaje. Le llegó el turno a Pepiño:

—Mi primer amor fue Laura, una compañera de instituto. Estuvimos juntos cuatro años. Por fin llegó el gran día, fue en mi cumpleaños. «Te voy a hacer un gran regalo. Va a ser una sorpresa», me dijo. Así que fuimos al Seat 127 de mi padre y la sorpresa sí que fue bien grande, porque cuando metí la mano resulta que era más hombre que yo.

—Ja, ja, ja, qué divertido eres. Anda, dejemos de contar mentiras y vamos a mi casa. Te prometo que yo no voy a sorprenderte.

—A lo mejor yo sí te sorprendo a ti —contestó guiñándole un ojo.

A las tres de la mañana ambos yacían en la misma cama. Pepiño fumaba recostado de espalda y apoyado en un enorme almohadón. Dorotea hacía caracolillos con el abundante y moreno pecho del policía. Este se levantó encuerado y se dirigió previamente al baño para evacuar los doce medios que se había metido en Colossimo's. Después se dirigió a la nevera y se sirvió un poco de leche.

—¡José, ven a la cama! —ordenó ella.

—¡Puta insaciable! —murmuró Pepiño.

—¿Qué dices? —lo interrogó desde el dormitorio, aunque lo había escuchado perfectamente.

—Nada, que por mí no te preocupes, que estoy operado.

Apuró el vaso de leche y regresó a la habitación con su enorme pene erecto entre sus manos.

Escena 20

Mike Sullivan

McAllen, Texas
Domingo 4 de mayo de 1980

La brisa del Atlántico suavizaba la calurosa mañana en la ciudad de las palmeras.

Mike Sullivan amodorraba entre sus brazos a su pequeña Ellie, de tan solo dos meses de edad. El teléfono sonó y despertó a la cría, así que Mike redobló sus esfuerzos y la meció con más ahínco. Con el volumen del televisor al mínimo, el recién papá veía el primer partido de la final de la NBA: Los Ángeles Lakers iban ganando de tres a los Philadelphia 76ers en el The Forum de California.

Maggie descolgó el auricular y, tirando del interminable cable, se lo acercó a su esposo.

—Es para ti —dijo entregándole el aparato y regresando a la cocina.

—Hola, Mike. Soy Philip, me ha costado localizarte. Debes viajar con los muchachos a Madrid, es urgente.

Tras ver el increíble triple de Magic Johnson, Mike se disculpó con su esposa.

—Se trata de cerrar un negocio urgente, solo serán tres días.

—Pero ¿no puede ir otro? Acabamos de tener a la bebé.

—Lo sé, cariño, pero mi jefe dice que vaya yo, que le soy imprescindible, que me lo compensará.

—Pues no entiendo qué puede ser tan urgente para una empresa de exportación de automóviles.

—Ya te dije que mi jefe quiere instalar una maquiladora para la General Motors en Europa y parece que Madrid es una buena ubicación; solo tengo que inspeccionar los terrenos y estudiar unas rutas de comunicación viables.

—Está bien, pero no tardes demasiado. Tendré que buscar una canguro.

El lunes por la tarde, Mike viajaba acompañado de cinco de los muchachos en una Chevrolet Suburban que los llevaba hasta el Dallas-Fort Worth Regional Airport.

Joe, con su perenne gorra de estibador, conducía con habilidad. En el interior había buen ambiente, todos se conocían. En las afueras de Austin hicieron una parada para repostar en una estación Texaco y el barbudo Tom subió un par de cajas de Lone Star Beer, así que la fiesta se animó para todos, menos para Joe. Durante el trayecto aprovecharon para revisar el armamento. Tom introdujo uno a uno los 100 cartuchos en el redondo tambor de su reliquia, una Thompson modelo 1921; los demás rellenaron los cargadores de las Uzzis y del curvo AK-47 de Marquitos, el mexicano.

En Waco pararon en un restaurante de carretera que conocía Marquitos y se atiborraron de fajitas, burritos y chiles rellenos, acompañados de mucha salsa y de ingente cantidad de botellas de Dr. Pepper. Joe redujo a ocho horas el trayecto hasta el aeropuerto de Dallas, en cuyo *parking* dejaron varada la *pick up*. Se cambiaron dentro de la Suburban e introdujeron el armamento desmontado en cajas estancas a prueba de golpes. Se abrieron las puertas y descendió el equipo de bolos de los Texas Strikers del American Bowling Congress uniformados con sus camisas añiles de manga corta y pantalones blancos. Cada uno llevaba grabado su nombre en la espalda y el escudo oficial del equipo en el parche delantero.

Embarcaron sin problemas en un vuelo regional de la Texas International Airlines con destino al Miami International Airport.

Escena 21

Ronda de Claire

Baton Rouge, Luisiana
Domingo 4 de mayo de 1980

Hacía un largo rato que el ocaso se había adueñado de la ciudad. La lluvia de verano se vertía copiosa y un grupo de personas de color se refugiaba bajo el techo del Tabbys Blues Box en el North Boulevard. El rótulo pintado a mano corría el peligro de desdibujarse, pero no sería la primera vez que eso ocurriese.

La puerta del reino del *blues* se abrió y entraron, pero estaba tan oscuro por la densidad del humo que les costó acoplarse.

♫ *I guess I'm a prisoner, and you got the key, baby* ♫

En el escenario, la única zona iluminada, los reyes del *Deep Blues* hechizaban a una clientela que los escuchaban con inusitada atención, como si estuvieran viviendo algo memorable y fueran conscientes de ello. Nadie hablaba, nadie bebía. Chuck and Mac daban el recital de su vida.

♫ *I know I'll never be happy, 'till you love me, and set me set me free* ♫

El privado del garito estaba cerrado con llave. La pelirroja Ronda de Claire, sentada sobre el escritorio, seguía el ritmo del *blues,* mientras, de rodillas, el encargado sumergía su cabeza en la falda de su vestido.

♫ *So, baby, try my way, oh, and please*♫

El contestador automático saltó.

♫ *Don't make me wait too long* ♫

♫ *Because I love you* ♫

♫ *With a love so powerful* ♫

♫ *Oh, so powerful* ♫

El orgasmo duró tanto como los interminables aplausos.

—Tengo que salir, Ronda. Debo echarle un vistazo al negocio —dijo el afroamericano devolviéndole las braguitas de algodón y abriendo la cerradura.

Ronda cruzó sus esbeltas piernas, encendió un Pall Mall y pulsó la tecla de rebobinado del contestador: «Hola, Ronda. Soy Philip. Tengo un trabajo urgente para ti. Es en Madrid. Si estás disponible, contacta conmigo».

Utilizando su bolso como paraguas, cruzó hasta la acera de enfrente, entró en el Swamp Motel y realizó una llamada a larga distancia a New York. Siempre tenía la maleta preparada para salir corriendo, así que tras una ducha rápida tomó su Pontiac Firebird Trans Am del mismo color que sus cabellos y obligó a rugir al V8. En hora y media lo dejaba en el aparcamiento del Aeropuerto Internacional Louis Armstrong de Nueva Orleans.

Tuvo suerte y, nada más llegar, encontró un vuelo de Delta Airlines que salía de inmediato con destino al Miami International Airport. Se tomó un *whisky* y sin hablar con nadie echó una cabezadita que duró las casi dos horas de vuelo.

Escena 22

McAllen

McAllen, Texas
Domingo 4 de mayo de 1980

El autobús paró enfrente de la biblioteca y la señora Hannah White subió para regresar a su colonia. El día era caluroso y a ella se le había olvidado tomarse la pastilla para el azúcar. Se arregló su moño, ya canoso, mirándose en el cristal de la ventanilla.

En la parada de Mission subieron cuatro ruidosos quinceañeros que se sentaron junto a ella en el otro lado del pasillo. Discutían sobre la final de baloncesto. Poco antes de llegar a Palm View, uno de ellos se levantó; los cuatro reían.

—¡Basta ya! —les recriminó Hannah—. Estamos en Estados Unidos y aquí se habla inglés y no esa horrible lengua del sur atrasado.

—Señora, mis ancestros ya vivían aquí antes de que ustedes nos invadieran y nos quitaran nuestras tierras. Yo llevo sangre coahuilteca y esta es mi tierra. Aquí hablo como me da la gana y usted lo que tiene que hacer es largarse de ella.

—¡Cómo te atreves! Yo he impartido clases de Historia en el South Texas College —dijo, liándose a bolsazos con el adolescente.

El autobús inició un giro y con el ímpetu de los golpes la señora perdió el equilibrio y cayó golpeándose contra la barandilla metálica de un asiento.

El servicio de emergencia llegó en veinte minutos y trasladó a la mujer al Edinburg Regional Medical Center.

Heather Palmer aguardaba llorosa en la sala de espera del hospital, cuando la puerta de urgencias se abrió y un celador salió con su madre Hannah en silla de ruedas.

—Mamá, mamá, ¿cómo te encuentras? —sollozó lastimera.

Hannah, con la mirada distraída, no le contestó.

—Ha recibido un fuerte golpe en la cabeza y me temo que ha perdido las facultades mentales. Con una adecuada política de rehabilitación es posible que vuelva a caminar y a conocer —informó el doctor acariciando con sus dedos el estetoscopio.

—¿Rehabilitación? Pero si no tenemos seguro, solo podemos recibir atención médica básica.

—Pues sintiéndolo mucho, la silla de ruedas no se la pueden llevar.

Heather subió a su madre a un taxi y le indicó al conductor que las llevara a Fysville. El taxista insistió en cobrar por adelantado.

En la taberna The Mad Snail, dos hombres discutían sentados en una pequeña y redonda mesa. Septh Palmer y Lebron Jones bebían su tercera Budweiser.

—Entonces, ¿ese Mike es de fiar? —preguntó el fibroso Septh.

—Sí, amigo. Ya he realizado varios encargos con él y es un tipo serio y profesional —contestó el afroamericano.

—Bueno, Madrid no está tan lejos. Cruzamos la frontera y en el mismo día lo podemos dejar solucionado.

—¡¿Qué coño dices, Septh?! Madrid está en España, tío, en Europa, al lado de Francia.

—Entonces tendremos que volar.

—Tú no te preocupes, Mike se encarga de todo. Al resto del equipo también los conozco —exageró—. No habrá problemas.

—Siempre hay problemas.

—Bueno, si no te quieres apuntar, déjalo correr y ya está. Se lo ofreceré a Noah.

—Ja, ese no tiene fuerza ni para sostener un revólver; además, desde que Lola lo abandonó, se pasa más tiempo ebrio que sobrio.

—Joder, qué buena estaba Lola —rememoró Lebron—. Bueno, entonces, ¿qué te parece el asunto?

—Es que ofrecen demasiada pasta. ¿A quién hay que cargarse?

—No lo sé, tío. Es un asunto de la mafia de New York. Ya sabes, alguien que habla demasiado o que les entorpece.

—Yo no me encargo de políticos. Se cabrean demasiado si te cargas a uno de los suyos y entonces no paran hasta que te encuentran.

—No se trata de un político, eso es seguro, y ofrecen mucho porque el negocio es urgente. Hay que salir hoy mismo, así que decídete porque tengo que hablar con él para reservar ya los billetes.

—Mucha gente para liquidar a un solo tipo.

—Al ser urgente, no quieren fallar.

Septh regresó de tomarse unas cervezas con Lebron. Al entrar en casa, se encontró con la suegra inmóvil ocupando su sitio en su desgastado sillón de poliéster. Heather le explicó todo lo ocurrido y que ahora su madre tenía que quedarse a vivir con ellos.

—Distráela un rato, mientras voy preparando algo de cena —comentó su esposa.

Septh acercó su cara a la de su suegra, que permaneció impasible ante su alcoholizado aliento.

—Maldita bruja racista. La tenías que liar, ¿verdad? Si piensas que te voy a cuidar, vas lista, vejestorio. No pienso gastarme ni un centavo en ti. Te libras porque me ha salido un trabajo y tengo que marcharme, pero en cuanto regrese, te daré la extremaunción.

Septh se alejó de su suegra y entró en la cocina. Poco después se escucharon gritos y sonidos de vajilla al caer al suelo. Regresó al comedor y se sentó en el sofá de segunda mano adquirido en una venta de garaje, encendió el viejo televisor y buscó el resumen del primer partido de la final de la NBA.

Heather regresó sonriente con un plato de sándwiches y un ojo morado.

Escena 23

Día de caza

SIERRA DE LOS MANSOS, TEXAS
DOMINGO 4 DE MAYO DE 1980

El disparo impactó a los pies del coyote, que, asustado, puso pies en polvorosa perdiéndose entre las rocas de la sierra de los Mansos. Un malhumorado J. J. renegó y se incorporó. Demasiado lejos para su fusil Winchester 70. Sudoroso, bebió un largo trago de su cantimplora. La tarde ya caía, así que decidió dar por terminado el día de caza y regresar a su *pick up*. Condujo frustrado y decepcionado. Únicamente traía un ciervo mulo y un jabalí acompañados por una liebre de cola negra, un mapache y un crótalo al que había aplastado el cráneo con la culata de su rifle. Sacaría para pagar las 11 horas de gasolina y poco más. Ya debía tres semanas de alquiler y necesitaba efectivo, no quería tener que atracar alguna gasolinera o cafetería, era demasiado arriesgado. En cuarenta años no había puesto el pie en ningún penal y no tenía intención de probar lo que se sentía.

Condujo con somnolencia hasta que decidió parar en un motel de carretera. Registró una habitación al recepcionista que le ganó la carrera a la liebre del cuento y se fue directo a la cafetería que aún estaba abierta. Una cincuentona de muy buen ver le sirvió una hamburguesa con Budweiser de guarnición y un café recalentado con pastel de manzana. Pagó y regresó a su habitación.

Por la mañana, ya en McAllen, aparcó junto a su destartalada caravana; por suerte, el dueño del *parking* no estaba en la entrada. Mejor, así se ahorraba tener que disculparse por el retraso en el pago. Esa maldita caravana llevaba varada más de dos años. Sin combustible en el depósito y con el motor averiado, no podría llevársela si el casero lo obligase. Necesitaba ganar dinero de forma urgente. Lo primero fue entrar armado en ella para revisar que todo estaba bien. En el suelo de la puerta había un papel doblado que pisó. «Alguna multa de tráfico», pensó. Inspeccionó con rapidez y revisó que no hubiera ningún cristal roto. Se lavó la cara en el fregadero de la cocina, bebió casi de un trago una lata de cerveza que sacó de una pequeña nevera, regresó a su furgoneta, cargó con el jabalí depositándolo en el suelo de la sucia caravana y regresó a por el resto de la caza. Cuando hubo terminado, se sentó encima de la cama y desdobló la nota que llevaba la huella de su bota como si de un matasellos se tratase. Era de Mike: «Te espero por trabajo mañana lunes a las 11:00 en la cafetería de la 83».

Escena 24

Poledance

REYNOSA, MÉXICO
DOMINGO 4 DE MAYO 1980

En el otro lado de Río Grande, la *pick up* Dogde D esperaba a su dueño armada de paciencia en el gran aparcamiento del Reynosa Show Bar. Ya llevaba un par de horas bajo los 40 grados del seco mes de mayo y seguramente esperaría otras dos más. Menos mal que tenía buena compañía, ya que el polvoriento aparcamiento debía de tener al menos otras 30 *trucks,* alternando matrículas de México con las de Estados Unidos.

El logotipo del club daba su bienvenida a los clientes con una enorme y colorida calavera, adornada con guirnaldas de flores. Un cartel avisaba en español de que estaba prohibido portar armas. La puerta de entrada al florido local estaba siempre cerrada. Tras ella, dos fornidos barbudos con aspecto de Ángeles del Infierno realizaban las tareas propias de portería cacheando a los clientes al entrar. El interior del local toples era un hervidero de gente tomando licor. El aire acondicionado central situado encima de la puerta era escoltado por aires de ventana en las habitaciones superiores. Los sombreros tejanos ganaban por mayoría. En el escenario, una rubia estadounidense bailaba sensualmente realizando piruetas sobre una barra al ritmo de Kiss.

Marquitos, apodado el Mexicano, bebía su enésima Negra Modelo, disfrutando del *show* de barra.

♫ *I was made for lovin' you, baby* ♫

Sacó de su cartera de piel de cocodrilo un billete de 10 dólares y lo introdujo en la braguita que le ofrecía la bailarina poniendo su trasero frente a su cara.

♫ *Can you get enough of me?* ♫

Detrás de Marquitos, en la pared, una fila de seis *slot machines* rivalizaban con la bailarina por llevarse la clientela. En una de ellas gastaba su sueldo el barbudo Tom.

El DJ despidió a ¡Cla–ri–ce! entre aplausos, vítores y sombreros al aire. Luego cambió de disco con parsimonia, para que la clientela se impacientara en ver a la próxima hembra y, a continuación, por el micrófono presentó a ¡Ra–mo–na!

♫ *Baby, when I think about you* ♫

Una espectacular mexicana en toples comenzó su hipnótico baile al ritmo de Bad Company.

♫ *Think about love* ♫

Tom regresó con su compañero y, abducidos por la erótica danza, ambos sacaron otro billete de 10 dólares. Con su enorme mano, Tom llamó la atención de una camarera que transportaba una bandeja y le pidió una cerveza.

♫ *Feel like makin' love* ♫

—Vámonos ya —le gritó Tom al oído a su compañero—, que tenemos trabajo —y dio un largo trago para estrenar la botella.

—Tomémonos la última —insistió su insaciable compañero.

—No, Marquitos. Larguémonos ya, que mañana tenemos la reunión. Se trata de un trabajo serio, no podemos fallar. Nos jugamos el cuello, hay demasiada pasta de por medio.

—Oh, vamos, que le jodan a Mike. Ese tipo se ha ablandado desde que es papá.

—No dices más que tonterías. Llegaremos tarde a la reunión. Anda, dame las llaves de la camioneta que conduzco yo.

En ese momento, la bailarina se acercó hasta ellos y les ofreció su turgente trasero como si fuera una hucha. Craso error. Marquitos, incapaz de contenerse, le regaló un azote en la nalga, a pesar de que sabía que era algo totalmente prohibido. Ramona se revolvió enfurecida. Los moratones depreciaban el valor de una bailarina y no iba a consentir que ese patán la marcase. Se lanzó sobre él como una gata sobre un ratón y ambos cayeron al suelo tirando mesa, cervezas y silla.

—¡Cómo te atreves a tocarme, pendejo! —gritaba golpeándolo con las dos manos.

Tom se moría de la risa y se encontraba muy feliz de haberle salvado la vida a la cerveza que agarraba en su mano.

Los porteros tardaron segundos en aparecer. Separaron a la pareja y, retorciéndole el brazo a su espalda, le dieron el visado de salida a Marquitos, mientras la muchacha regresaba al camerino recitando ancestrales maldiciones en náhuatl.

Tom apuró su cerveza y salió para acompañar a su amigo que estaba en la calle besando el suelo. Le ayudó a incorporarse y, apoyado en su hombro, lo llevó a la camioneta.

Recorrieron la gran llanura y cruzaron la frontera pasando al otro lado del río por el puente International Reynosa–Hidalgo, entrando en el estado de Texas. Seguidamente, condujeron veinte minutos por la Nord International Blvd hasta regresar a McAllen.

Escena 25

Amanecer Zulú

McALLEN, Texas
LUNES 5 DE MAYO DE 1980

Sentados frente a un enorme bistec con patatas en una cafetería de la ruta 83, Mike Sullivan y Joe Jackson, más conocido por J. J., planificaban el encargo recibido de New York.

—No me jodas, hombre. Ni hablar, no estoy dispuesto a trabajar con un negro —espetó Joe, procediendo a dar un largo sorbo de café.

—Conozco a Lebron y es un tipo profesional. Me fío de él, ya hemos realizado juntos algún trabajo.

—Me importa un carajo, ya te digo que yo no trabajo con negros.

—No sabía que fueras racista, ¿qué tienes en contra de ellos?

—Yo te digo que no son de fiar.

—¿Por qué dices eso?

—Joder, por lo que le hicieron a mi padre.

—¿Qué le ocurrió a tu padre?

—Mi padre era actor y lo contrataron para rodar esa famosa película bélica, *Zulu Dawn*[2], la que estrenaron el año pasado. Claro, mi padre era solo un extra y hacía de férreo sargento del Ejército inglés. En aquel entonces, mi viejo vivía en Inglaterra, así que se desplazó con todo el equipo de rodaje a Sudáfrica, a las montañas Drakensberg. ¿Has visto la película?

—No.

—Pues la película recrea una batalla en la que los zulúes masacraron enterito a un ejército de casacas rojas. Los zulúes eran una tribu de negros aborígenes que vivían en lo que ahora es Sudáfrica y que se enfrentaron a los colonialistas ingleses. La película recreaba esa batalla, Isandhlwana, creo que se llamaba.

—Entonces la película se rodó en pleno *apartheid* —intervino Mike, cortando un enorme pedazo de filete e introduciéndolo en su boca.

—No sé qué cojones es eso.

—Es el sistema de segregación racial entre blancos y negros en Sudáfrica.

—Y me parece fenomenal, hombre, eso lo teníamos que hacer también aquí.

—Y lo hacemos.

—Pues había que mandarlos a todos a Sudáfrica. Bueno, el asunto es que te lo tienes que imaginar —dijo abriendo los brazos—. En una gran pradera verde están colocados los dos ejércitos, frente a frente: el ejército zulú,

---

[2] Amanecer zulú, título de la película en español.

compuesto por miles de verdaderos zulúes convertidos en extras, en taparrabos, adornados con sus coloridas plumas, que digo yo que serían de avestruz, con escudos y sus lanzas, que ellos llamaban azagayas… todos bajo un sol abrasador esperando las órdenes del director, un tal Douglas Kickox. El muy capullo se sube a lo alto de un carromato con un megáfono y comienza a arengar a los extras recordándoles lo grande que había sido el imperio de sus ancestros, diciéndoles que llevaban en su sangre la fuerza guerrera de antaño y memeces como esas. Bueno, enardeciéndolos de tal manera que comenzaron a embravecerse, cantando un himno que acojona y a golpear sus escudos mientas el director ordenaba que comenzara el rodaje. Así que el ejército zulú se abalanzó contra los uniformados ingleses y uno de ellos, totalmente enardecido, atacó a mi padre con una maza de madera y comenzó a golpearle la cabeza hasta que se la escabechó —dijo Joe pichando con fuerza un trozo de bistec.

—¡Joder, tío! ¿Y qué pasó? —interrogó Mike con la boca llena.

—Pues que como eran tantos los extras, no se supo quién había sido; además, tropecientos negros en taparrabos, pues todos son iguales. Hubo rumores de que mi viejo se había beneficiado a la mujer de uno de ellos, pero nunca se aclaró nada. A mi madre le enviaron una mierda de indemnización y desde entonces no me fío de los negros.

—Créeme que te comprendo; además, lo tienes demasiado reciente. Tú mantente alejado de Lebron y ya está, no tenéis por qué ser amigos.

—Si no fuera porque necesito la pasta, no me apuntaba; además, no sé, no me da buena espina este asunto —finalizó, pidiendo más café y un postre.

El punto de reunión era el motel The Sad Sun en las afueras de la ciudad. Cuando llegaron, ya estaba el resto del equipo preparando los uniformes de jugadores de bolos de los Texas Strikers.

—¿Qué broma es esta? ¿En serio vamos a disfrazarnos? —comentó divertido el mexicano.

Tom le arrojó una camisa a la cara. Mike realizó la presentación de rigor y les resumió la situación, el encargo que iban a realizar y cuánto iba a cobrar cada uno.

—¿Hay algún problema? —Nadie respondió.

Escena 26

Informe de la situación a Blanco

Comisaría Centro
Lunes 5 de mayo de 1980

—¡Maldita sea!, pero ¿qué coño os pasa? ¿Y me lo decís ahora? ¿No podíais habérmelo dicho en la boda? Una mano cortada, un secuestro, dos jodidos muertos… ¿y me presentáis hoy el informe? Sin contar con que habéis retenido una prueba. ¡Pues se os va a caer el pelo, listillos! Vais directos a Asuntos Internos. Esta vez no os vais a ir de rositas. —Blanco encendió el enésimo Condal. Pepiño lo imitó.

Tras la puerta, Martínez aguzaba los oídos mientras disimulaba con Rebeca pidiéndole un archivo, aunque los gritos del comisario llegaban hasta los calabozos del sótano.

Blanco aspiró humo y tomó asiento. Los policías hicieron ademán de sentarse, pero el comisario los frenó en seco:

—¡No os he dado permiso para que os sentéis! A ver, recapitulemos, Stuart.

—Señor, tenemos certeza de que se trata del secuestro de la señora Fátima Boyd, esposa del banquero panameño Carlos Boyd, quien, por cierto, estaba ayer invitado a la boda. Suponemos que se trata de un chantaje económico.

El chino que hace de guardaespaldas debía recoger un paquete de prueba, pero se le adelanta un yonqui que se hace con la caja de zapatos; saca el anillo, abandona mano y caja en el baño de una cafetería y va directo a una perista para financiarse unos picos. El chino lo localiza. Aún no sabemos cómo, se lo carga, no sin antes sacarle la dirección de la perista, a la que también elimina tratando de recuperar el anillo. Tampoco sabemos qué importancia tiene el anillo, ni por qué le cortan la mano entera a la señora en lugar de un solo dedo. Quizá sea un aviso agresivo.

—¿Y dice usted que ese Carlos Boyd estaba en la boda de Rebeca? Entonces, ¿cómo no vino a hablar conmigo? No lo entiendo, este asunto cada vez es más extraño —rumió Blanco, dando una calada a su cigarrillo—. Vayamos por partes. Quiero que me cuenten todo lo que saben. ¿Qué tiene que ver en todo esto el anillo?

Intervino Pepiño, que fue quien lo recuperó.

—Suponemos que se trataba de una prueba que los secuestradores entregaban para demostrar que tenían a la señora. En el interior del aro hay una serie alfanumérica grabada, que se puede observar a simple vista, cuyo significado desconocemos de momento.

—¿Y qué información extrajeron de la entrevista con Carlos?

Ahora habló Jimi.

—Estaba tenso, a la defensiva, reacio a contestar nuestras preguntas, realmente no estuvo colaborativo, sino evasivo. Según él, los secuestradores son españoles. El móvil es económico, más exactamente reclaman cien millones de pesetas. Está esperando a que lo vuelvan a llamar y no tiene intención de denunciar la desaparición de su esposa porque desea resolverlo por sí mismo.

—La buena noticia es que Vidal ha obtenido una orden de la jueza para intervenir los teléfonos del despacho y de la casa del banquero, así como para colocar micrófonos ocultos. En ese sentido, le felicito, señor Vidal.

—Gracias, señor —contestó Pepiño.

—Este asunto está torcido, pero con voluntad vamos a enderezarlo. Stuart, prepare una troncha con la intervención. De ahora en adelante, quiero que me mantengan informado puntualmente hasta del más nimio detalle.

Escena 27

Salida de Miami y llegada a España

MIAMI, FLORIDA
NOCHE DEL MARTES 6 DE MAYO DE 1980

En el Miami International Airport, el equipo de bolos de los Texas Strikers mataba el tiempo jugando al póquer mientras esperaba el embarque.

Ronda gastaba su tiempo y su dinero paseando entre las tiendas del *duty free*. Por megafonía anunciaron el próximo embarque para el vuelo PA118 Miami-New York-Madrid por la puerta 10 y Ronda se apresuró. Adquirió una revista, un libro sobre la ciudad de Madrid para turistas, un rubor tono melocotón, sombra de ojos lila Maybelline y un labial fucsia de L'Oréal. Pagó y se apresuró a alcanzar la puerta de embarque.

El equipo se sentó por parejas: Mike en el lado del pasillo con Joe en la ventana; Ronda en el otro lado del pasillo, junto a Mike. A ella se le cayó su *shopping bag* y Mike, caballeroso, lo recogió del suelo.

El avión despegó. Mike abrió un paquete de Trident y le ofreció a Ronda, que aceptó complacida.

—Eh, ¿a mí no me ofreces? —protestó Joe.

Mike le pasó el paquete de goma de mascar y Joe lo fue pasando a los asientos traseros hasta que se agotó.

Ronda extrajo de su bolso el último número de *Cosmopolitan* que había adquirido en el *duty free.* En la gran portada rosa destacaba la atractiva Kelly Emberg, que prometía contar las intimidades de su relación con su pareja, Rod Stewart.

Como el vuelo era nocturno, al poco de despegar sirvieron la cena. Ronda eligió rosbif con puré de patatas; los muchachos se decantaron por el pollo con arroz. Al acabar la cena, se apagaron las luces y una azafata introdujo un vídeo Betamax. En unos minutos se iluminó la pantalla grande ofreciendo los créditos iniciales de la Twentieth Century Fox presentando a Jane Fonda y Dolly Parton protagonizando *9 to 5.* En cinco minutos, todos los pasajeros estaban durmiendo, a excepción de Marquitos, quien, hechizado por la enorme personalidad de la rubia cantante, entonaba con ella a coro.

♫ *Workin' 9 to 5,*
What a way to make a livin' ♫

Finalmente, tuvo que intervenir una azafata para pedirle que bajara la voz, mientras él le rogaba que volviera a rebobinar para escuchar de nuevo la canción.

Al amanecer, tomaron café con bollos y el avión aterrizó sin incidencias en el Aeropuerto de Barajas.

La primera en salir fue Ronda de Claire, que se desplazó al mostrador de Hertz y rentó un Seat Panda, la patrona romana de los viajeros, con el ánimo de pasar desapercibida. Bajo el quitasol del Panda le aguardaba un sobre que introdujo en su bolso. Rebuscó en la guantera y recogió un pequeño saco. Condujo con cierta dificultad hasta el motel Avión.

—Habitación 111, primera planta —señaló la recepcionista con sonrisa picarona.

Subió a la 111, abrió el sobre y depositó el contenido sobre la cama: una fotografía de tamaño DIN A4 del rostro de Carlos Boyd, otra de cuerpo entero y un mapa detallado para llegar a su vivienda. A continuación, procedió a vaciar el saco: una Walther PPK, un silenciador y varios artilugios electromecánicos. Estudió con detenimiento el plano. Se quitó la blusa, la falda y los tacones. Luego se dio una ducha y se puso ropa cómoda. Salió de la habitación con sus Wrangler de cremallera y unos tenis blancos. Bajó al vestíbulo principal, donde almorzó un sándwich con café en la cafetería del motel.

—Que tenga buena tarde —saludó la recepcionista.

Caminó hasta el aparcamiento y subió al Panda, aparcado entre dos Land Rover Santana. Condujo hasta Galapagar, aparcó en las inmediaciones del chalé y esperó pacientemente. Al atardecer, apareció una Honda GL negra y brillante que paró frente a la cancela. Ronda agarró de su bolso los prismáticos y enfocó. La moto de gran cilindrada aparcó y se bajó el motorista, al que se veía hablar con la casa a través del interfono. Se quitó el casco negro brillante y continuó la charla. Efectivamente, era él, Carlos Boyd. Idéntico a la fotografía que tenía en el asiento del copiloto.

Sorpresivamente, la cancela se abrió y Carlos entró caminando, dejando la motocicleta en la puerta. Era su oportunidad. Ágil como una pantera, saltó de su automóvil y, en un abrir y cerrar de ojos, ocultó un transmisor imantado en la máquina. Regresó aprisa y activó el receptor. Bebió agua de una botella y esperó de nuevo. Al rato, Carlos Boyd volvió a salir, se subió en su motocicleta y entró en la finca. Una señal luminosa comenzó a parpadear en la antena receptora emitiendo un corto bip, bip, bip. El dispositivo de rastreo funcionaba correctamente.

—*Fuck you*. Ya te tengo —sonrió maliciosa y excitada la pantera.

Regresó al motel con verdadera dificultad. Eran las diez en punto de la noche.

—Buenas noches, señorita de Claire.

—Buenas noches —contestó Ronda en un dificultoso español—. ¿Hay algún mensaje para mí?

—No, señorita —respondió la recepcionista 24 horas, abriendo los ojos y mirándola fijamente.

Ronda le sonrió y le sostuvo la mirada durante una eternidad de segundos, subió a su habitación y dejó la puerta entreabierta.

Diez minutos después, llegó la recepcionista, golpeó con los nudillos y entró.

Escena 28

Los jugadores de bolos llegan a España

MADRID, MARTES 6 DE MAYO DE 1980

Los jugadores de bolera tardaron más de lo debido en recoger sus baúles. Mike dudó durante unos minutos de que su contacto no hubiera hecho la vista gorda, pero finalmente aparecieron por la cinta trasportadora.

El hombre más delgado del mundo los esperaba sujetando un cartel escrito a mano que decía «Texas Strikers». No hablaba ni papa de inglés, así que con señas les indicó que lo siguieran hasta el *parking*. Subieron en un minibús Ford Transit y los condujo hasta el motel Avión; mientras el resto hacía el *check-in* en recepción, el esqueleto llevó a Mike hasta el aparcamiento, le señaló los tres Land Rover Santana y le entregó las llaves.

—Sus habitaciones son las 112, 113 y 114 —dijo la recepcionista en perfecto inglés.

Marquitos, fascinado, miraba a la recepcionista y la imaginaba como Dolly Parton en morena. Ella le sonreía picarona. El grupo subió en el ascensor hasta la primera planta. Marquitos se rezagó y regresó al vestíbulo.

—Si no fuera porque voy a estar poco tiempo, haría lo imposible porque te enamoraras de mí —dijo el chilango en español—. ¿A qué hora terminas?

Ella cerró su mano en un puño y la abrió dos veces. Marquitos sonrió. En ese momento entró Mike y le reclamó para que subieran juntos.

—Ya está otra vez el donjuán —le dijo el tejano.

—Pero si la culpa es de ella —se justificó.

Una carcajada de Mike y un espaldarazo le obligaron a subir las escaleras, por las que a su vez bajaban los italianos con los que se cruzaron sin darse los buenos días.

La reunión tuvo lugar en la habitación de Mike. Estudiaron con detalle el plano para llegar hasta el motocine en el que supuestamente se iba a encontrar Carlos Boyd con los secuestradores. Su misión era acabar con ellos.

—Como ya sabemos la hora, lo mejor es entrar como elefante en cacharrería. Los abrasamos y nos llevamos al paquete y su esposa. —Todos asintieron y decidieron que ese mismo día comprobarían el recorrido hasta el abandonado motocine y medirían los tiempos.

—Compañeros —arengó Mike—, como todos sabéis, después del desafortunado incidente en que nos ha metido nuestro querido presidente, el vendedor de cacahuetes Jimmy Carter, la imagen pública de nuestro país está por los suelos. Ese mamarracho no ha sido capaz de rescatar de nuestra embajada en Irán a nuestros compatriotas —la fallida misión Garra del Águila había supuesto un ridículo internacional y el orgullo patrio se encontraba herido—, así que en nuestra misión no podemos fallar. Quiero que les demostremos a esos españolitos quiénes somos los norteamericanos.

—¡Mueran los gachupines! —gritó Marquitos, enardecido.

—¿Que mueran quién? —preguntó Septh.

—¡Los gachupines, pendejo! —respondió en español con un marcado acento norteño, como si vendiera tomate frito Orlando.

—¿Y qué coño es eso de los goncholines? —insistió Septh.

—Los mexicanos llamamos gringos a los estadounidenses y gachupines a los españoles.

—Pero ¿no vivís todos en México? —interrogó ignorante.

—¡Madrecita mía, no eres más que un palurdo! —contestó agresivo Marquitos.

La pelea ya estaba montada y los dos contendientes se habían enzarzado a golpes. Cuando estos no fueron suficientes, salieron a relucir los machetes. En ese momento sonó el teléfono de la habitación y el combate hizo una pausa publicitaria. Era la recepcionista del motel que llamaba porque los vecinos de la 110 se habían quejado del exceso de ruido. Mike, cuya máxima era no llamar la atención, se disculpó y puso fin a la gresca de inmediato.

Tras una ducha, que les hacía buena falta, bajaron a la cafetería a comer unos platos combinados. Después recorrieron el camino que realizarían al día siguiente. Entraron en el motocine y revisaron las instalaciones. Finalmente se decidieron por la idea de Mike. Tenían toda la tarde libre, pero Mike no alertar a las autoridades, así que ordenó a los muchachos que no salieran del hotel, para mayor fastidio de Marquitos.

A las siete de la tarde el mexicano abandonaba sigiloso de su habitación.

—*Where are you going, man?* —preguntó Tom, su compañero de habitación.

El mexicano le respondió pidiéndole silencio con el dedo en los labios y salió.

En recepción, la voluptuosa recepcionista hablaba por teléfono. El excitado mafioso se acercó al mostrador.

—Es una lástima, pero el jefe quiere que esta noche hagamos reunión de trabajo. Podríamos salir a tomar algo por aquí cerca.

—¿Reunión de trabajo? Pero ¿no sois un equipo de bolos?

—Claro, guapísima, eso quería decir, me he liado con el inglés.

—Pues por aquí no hay ningún lugar al que no haya que ir en coche.

—¿No tendrás un plano a mano para revisarlo juntos?

—Creo que aquí tengo uno —contestó ella, señalando la puerta con el letrero que decía «Privado».

Escena 29

Suite Royale

Madrid, miércoles 7 de mayo de 1980

—No soy feliz.

Mely dejaba que Eduardo agarrara su mano.

—*Miss* Castilla León, *miss* Madrid y, ahora, mírame. Abandoné mi carrera de modelo por él.

—Eso va a cambiar, querida.

Estaban sentados bajo la monumental cúpula de cristal emplomado estilo *Belle Époque* del restaurante La Rotonda, en el Palace. Este tenía forma circular alrededor de una gran fuente central. Sobre sus cabezas la vidriera de la famosa Casa Maumejean que formaba la cúpula creaba un efecto teatral y mágico, dibujando figuras en el blanco suelo de mármol.

Un camarero con chaqueta de esmoquin blanca y pajarita depositó sobre una mesita redonda una gran cubitera de hielo que contenía una botella envuelta en una servilleta de tela blanca. El sumiller de guantes blancos mostró la botella con la etiqueta al frente:

—Champán Krug Grande Cuvée, *monsieur, madame* —dijo en un susurro. Retiró con parsimonia la cápsula metálica y la jaula, giró el corcho y destapó sin ruido la botella. El gas se desplazó hasta las fosas nasales de una embelesada y húmeda Mely—. Nueve grados exactos, señora —dijo, derramando el carísimo líquido en una copa de tulipa que ofreció a la señorita, después ofreció otra a Eduardo y esperó a recibir la bendición.

—Genial —dijo Eduardo.

El camarero se marchó.

—¡Oh, es fantástico, exquisito! —cantó ella, extasiada—. Tú sí que sabes cómo tratar a una mujer —añadió, apretándole la mano.

—Te lo mereces todo, querida —contestó, adulador. ¿Sabías que bajo esta cúpula se realizaron intervenciones quirúrgicas durante la guerra? El hotel se había reconvertido en hospital de campaña.

—Me da escalofríos pensar en eso.

—Pues bebe más champán, querida.

—Te estoy muy agradecida por el trabajo que me has encontrado en la *boutique* Olegario.

—No es nada, apenas es el recomienzo de tu carrera. Te voy a presentar a personas muy interesantes, no solo del mundo de la moda, también del espectáculo en general, productores, directores y modistos. Ya te imagino desfilando en el Salón Gaudí.

—Sí, llevando un traje de Jesús del Pozo o de Francis Montesinos… —soñó, emocionada.

—Brindemos por tu exitoso futuro —propuso él, chocando las copas. Echó un vistazo al Rolex Cellini de oro—. ¿Te gustaría conocer la *suite royal*?

—¡Guau! Debe de ser preciosa y carísima.

—Ciento veinte mil pesetas la noche. Pediré que nos suban más champán.

Agarrándola de la mano, la condujo hasta el ascensor. Entraron en la cabina de madera noble. Mely se atusó el cabello en el espejo.

—A la *suite royal* —ordenó Eduardo.

El ascensorista, vestido con librea y guantes blancos, pulsó el botón de la cuarta planta.

Mely se tiró en plancha sobre la cama *king size*. Estaba admirada del lujo. Se descalzó y caminó sobre las alfombras orientales hasta asomarse por la ventana que daba a la plaza de las Cortes.

—Voy un momento al baño —ronroneó.

Cuando salió, Eduardo estaba preparando unas estilizadas líneas de polvo blanco sobre el escritorio de caoba.

—¿Qué haces?

—Esto es para animar un poco.

—Pero ¿es droga?

—Son polvos mágicos, querida. Cocaína de la mejor calidad.

—Pero yo no sé si debo, mi marido es policía y…

—Vamos, querida, olvida ya a tu marido, él es la cadena que no te deja elevar el vuelo. Esto nos va a poner a tono, confía en mí —dijo esnifando dos líneas con un tubito que llevaba siempre encima—. La vida hay que hacerla divertida; en el mundo de la moda todos la utilizan.

Mely se acercó dubitativa y, como una Eva desobediente, aspiró los polvos mágicos.

—¡Uy! —soltó un gritito, estremecida.

—¿Sabes que en esta habitación durmió Ava Gardner? —le susurró al oído mientras con una mano capturaba uno de sus senos y con la otra buceaba bajo su vestido.

Ella notó su erección y se dejó llevar para disfrutar del paraíso, que, sin darse cuenta, acababa de perder.

Al caer la tarde abandonaron la habitación, pero antes Mely metió en su bolso todos los *amenities* que encontró. Eduardo pagó con dinero que no era suyo. Un botones con librea y gorra le acercó el Fiat 124 Spider, subieron y el abogado la acercó hasta una distancia prudencial de la casa.

—Nos vemos mañana —se despidió rugiendo con su Spider.

La adúltera caminó vigilante unos cientos de metros hasta llegar al portal de su casa. Afortunadamente, Jimi aún no había llegado.

TERCERA PARTE

Escena 30

Troncha en Galapagar

GALAPAGAR, MIÉRCOLES 7 DE MAYO DE 1980

La sirvienta filipina resopló con fastidio. No salía agua del grifo, ahora se le acumularía todo el trabajo.

La furgoneta del Canal de Isabel II aparcó en la misma puerta del hotelito, en Aguacate B1. Cuatro operarios con mono azul y gorras con el logotipo del Canal descendieron con diversas herramientas. Uno de ellos colocaba una perforadora en la acera y los otros tres se dirigían al chalé. Jimi, con la gorra encalada, llamó al timbre. La puerta de la casa se abrió y salió una sirvienta uniformada que se acercó hasta la cancela principal. Previamente habían cortado el agua de la casa.

—Me parece a mí que esta vez Pepiño no ha estado a la altura, nos ha denegado la orden de registro —refunfuñó Martínez.

—Buenos días, señora. Perdone que la moleste, pero es que hay una avería de agua y necesitamos su ayuda. —La criada filipina no entendía bien. Por un momento pareció que iba a reconocerlo—. Hay una rotura en la tubería principal y necesitamos que nos permita enchufar a la luz el cable de la perforadora, será solo un minuto, es que tenemos estropeado el compresor y…

La mujer no entendía bien, pero le interesaba que el flujo de agua retornase rápidamente, así que los acompañó hasta la entrada. El olor avisaba de que algo se quemaba en la cocina, por lo que marchó aprisa, acompañada para entretenerla de Medina y de una ristra de imprecaciones en filipino. Por otro lado, Martínez y Jimi colocaban micrófonos en el despacho de Carlos Boyd y en el dormitorio principal. En la calle, el agente Molina hacía como que taladraba la acera. Menos de seis minutos después, todos respiraban tranquilos en la furgoneta, incluida la sirvienta filipina, que veía como el grifo funcionaba con normalidad. Ahora tocaba la troncha y esperar a que apareciera Carlos Boyd.

Una hora después se les unió Pepiño, al que recibieron enfurruñados, ya que el espacio era reducido, pero el colmo llegó cuando se tiró un ruidoso pedo.

A las 19:00 p. m. arribó el Bentley. Tuvieron que sujetar a Pepiño, que quería salir para cargarse al chino. A las 19:07 sonó el teléfono y, presuroso, Carlos Boyd descolgó el aparato:

—¿Aló? Esto, ¿diga?

Al otro lado de la línea Ángelo hablaba de forma pausada.

—Señor Boyd, ya sabemos el número de cuenta en el TBP y usted ya sabe que vamos en serio. Denos la contraseña y podrá recuperar a su esposa.

—¡Salvajes, quiero una prueba de vida!

—Por favor, cariño, haz lo que te pidan.

Al otro lado se escuchó la débil y entrecortada voz de la mujer, quien, apoyada en el camastro, no podía contener las lágrimas. Una cura de emergencia realizada por un veterinario sobornado cubría con un vendaje su muñón, temporalmente indoloro gracias a una inyección de morfina.

—¡Fátima, Fátima, cariño…!

—Basta de conversación —cortó secamente el italiano—. Las instrucciones son las siguientes: el jueves, a las 22:00, nos encontraremos en el antiguo motocine de Barajas. Vendrá solo y desarmado e intercambiaremos la contraseña por su esposa. —Y colgó.

Carlos se limpió el sudor con un pañuelo que llevaba bordadas sus iniciales. El chino permanecía de pie impertérrito.

—¡Estamos jodidos, Tao! Hay que recuperar los pendientes de la señora a cualquier precio.

—¿Los pendientes?

—Sí, los pendientes. En uno de ellos está grabada la contraseña de una cuenta bancaria que para mí es de capital importancia. Se trata de la cuenta de la familia Gambino.

En la furgoneta, de troncha, los policías se golpeaban las piernas y se daban palmaditas en la espalda de alegría. ¡Ya los tenían!

Jimi informó inmediatamente a Blanco a través del teléfono de radiofrecuencia.

—¡Pepiño, agarra tu coche y te unes a Blanco para preparar ya el operativo!

—Yo me quedo a esperar al chino —protestó.

—De eso nada. Soy tu superior y te ordeno que vayas a ver a Blanco. Del chino te encargas mañana.

Al momento, aparecieron dos Santana Land Rover 88 que se detuvieron detrás de la furgoneta. Descendieron seis hombres capitaneados por lo que les pareció el general Custer, un personaje alto y fornido, de larga y cuidada melena bajo un sombrero tejano, con chaqueta de ante marrón con flecos. Llevaba unas gafas de sol de cristales también marrones.

La criada les abrió la cancela. El estruendo de sus botas tejanas no permitía escuchar el silencio de la tarde. Entraron en el chalé.

Desde la luna tintada de la furgoneta, las cámaras fotográficas no paraban de disparar.

En el interior de la vivienda, Carlos estaba cada vez más nervioso. Mike, bigotudo, con su rubia y larga cabellera bajo el sombrero tejano, mostraba una sonrisa sardónica. Detrás de él permanecían cinco hombres circunspectos: un afroamericano, otro barbudo con chaqueta de leñador, otro con una gorra de estibador portuario, un mexicano y el último que parecía un paleto de los pantanos, el cual se desplazó hasta una esquina desde la que no ocultaba su aviesa mirada. Carlos, temeroso, no sabía si habían venido para ayudarlo o para eliminarlo. El tejano pulsó el interruptor de la radio, y la música sonó a gran volumen. Mike le cuchicheó en español a Carlos. La reunión duró veintisiete minutos en los que quedaron claros los planes de actuación. La tropa se retiró a las 19:20.

A las 19:45 aterrizó un Spider que ocupó el vacío dejado por los Santana.

Carlos llamó a Tao y salieron a la parte trasera del jardín. El banquero abrió la puerta del trastero, entró y, apartando unas cajas de vino, despejó un rincón ocupado por otro gran arcón de madera de castaño. Sacó de su bolsillo un llavero y lo abrió mostrándole a Tao todo el arsenal.

—¡Tao, si les doy la contraseña, estamos muertos! Los Gambino nunca lo perdonarán. Toma toda la artillería y posiciónate con tiempo para cargarte a esos malditos espaguetis cuando vaya a realizar la entrega. No me fío de los americanos y, sobre todo, recupera los pendientes. Serás bien recompensado.

Dos minutos más tarde, una moto de gran cilindrada escapaba a toda velocidad, mientras, en la casa, Carlos Boyd hacía las maletas con prisa. Estaba nervioso, no se le había ocurrido pensar antes en que los pudieran tener vigilados o estar grabando y, además, estaba disgustado porque se le había escapado decirle a Paul Castellano dónde estaba la contraseña, aunque él se la sabía de memoria. Sin duda, Mike no dejaría cabos sueltos. Ya se veía a sí mismo en el fondo del pantano. No tenía más remedio que desaparecer, pues estaba condenado y, ya puestos, desaparecería dejando la cuenta vacía. Agarró unos pasaportes falsos, algo de ropa y todo el efectivo que guardaba en la caja fuerte. Los aeropuertos no eran seguros, los autobuses demasiado lentos, por lo que se decidió por el tren.

Diez minutos después, otra moto de gran cilindrada taladraba la oscuridad de la tarde. Al salir, vio por el espejo retrovisor que se encendían los faros de una furgoneta frente a su casa, pero contra su Honda GL 1100 Gold Wing no tenía nada que hacer.

Los policías dieron por finalizada la troncha y regresaron para preparar la operación del día siguiente.

Escena 31

Preparación de la operación Mano de Fátima

MADRID, MIÉRCOLES 7 DE MAYO DE 1980

Blanco estaba eufórico coordinando los preparativos.

—Señores, he bautizado esta operación como «Mano de Fátima». Ya llegó el permiso de la Dirección General, lo tengo todo aquí —dijo, señalando con su índice la sien.

Extendió un plano sobre el escritorio.

—Este es el plano del abandonado motocine. Una patrulla encubierta se ha adelantado e informan de que todo está abandonado y los edificios en estado ruinoso. Actualmente, se utiliza como picadero para parejas y yonquis. Como ven, tiene forma de abanico. Ramírez, usted y sus Geos se posicionarán en el vértice superior del triángulo, donde se encuentran la gran pantalla curva y el graderío. Peláez y Antúnez, vestidos como mendigos, controlarán la salida noroeste; ya les han preparado un cubo sobre el que han vertido gasolina, madera y papel para que simulen que se calientan del relente nocturno. En la salida opuesta, la del noreste, se colocarán Stuart y Vidal en un Ritmo camuflado, simulando ser una de las parejas que visitan el picadero.

Las risas suavizaron el ambiente.

—Tome, Stuart, pruébesela —dijo Blanco, entregándole una peluca postiza.

El avergonzado inspector no tuvo más remedio que hacerlo y colocarse la morena cabellera estilo Jaclyn Smith. Las risas ahora se convirtieron en carcajadas.

—¡Guau, si pareces un ángel de Charlie! —soltó Martínez dando un silbido.

—¿Me das tu número de teléfono? —bromeó Pepiño con sorna.

Hasta Blanco se tronchaba de la risa.

—Está bien, señores —alzó su voz autoritaria—. Medina y Martínez se quedan conmigo en la garita de entrada. El autobús y las patrullas de retén aparcarán aquí —dijo señalando con el dedo un punto del mapa—. En cuanto empiece la fiesta, el autobús se desplazará y bloqueará la salida y las patrullas guardarán la retaguardia. Caerán todos en el cepo como unos conejos —afirmó, extasiado—. Márchense a casa, prepárense para mañana, no olviden llevar ropa cómoda, revisen sus armas, puede que sean necesarias. Ah, ni una palabra de esto a nadie.

Martínez estuvo tentado de llamar a la redacción de *El Caso*. Entonces se acordó de su padre, el divisionario que perdió un brazo en la batalla de Krasny Bor, en el frente de Leningrado, y desechó la idea. Hoy le tocaba a él participar en una batalla.

Escena 32

Elfos

Tras la reunión en comisaría, Pepiño salió decidido, pero no para hacer lo que había recomendado el comisario, sino para encontrar al chino y detenerlo. Se le había ocurrido una idea: condujo el R5, su vehículo personal, hasta la avenida de los Toreros. Se desplazó lentamente por el *parking* de la plaza de toros, pero todo parecía muy tranquilo, así que decidió desplazarse hasta el aparcamiento de la parte trasera. Él sabía que no era buena hora, pero no podía esperar a que oscureciera. Esa tarde ya tendría que estar montado el operativo. Circuló muy despacio y se detuvo a esperar. Hubo suerte. Un joven pasó un par de veces a su lado, mirando con disimulo. Pepiño le hizo una seña con sus cejas y el joven se acercó. El policía bajó la ventanilla y le enseñó dos billetes verdes. El otro hizo ademán de querer subir al coche, pero el seguro estaba echado.

—Busco a un chino —dijo Pepiño, agitando los billetes—. Le va el rollo gay y no hay muchos chinos gays en Madrid. ¿Lo conoces?

—Hace unos días hice un trabajo para un chino, supongo que será él. Efectivamente, no hay muchos chinos gays en la ciudad.

—¿Dónde lo podría encontrar?

—El trabajo se lo hice en una sauna, en la Elfos de Chueca, ya junto a la avenida de José Antonio.

Pepiño no perdió ni un segundo y se dirigió al barrio de Chueca, estacionando en el primer *parking* libre que encontró. No le costó localizar la sauna Elfos. Ahora tenía que reunir el valor suficiente para entrar en lo que, para él, era un submundo desconocido. Llamó al timbre y le abrió un joven afeminado. Como no sabía lo que tenía que decir, soltó lo primero que se le vino a la cabeza.

—Buenas. Deseo tomar un baño turco, pero es la primera vez que vengo y no conozco el local.

El joven le invitó a pasar y le orientó:

—Al fondo está el vestuario y, girando a la izquierda, primeramente, encontrará la piscina climatizada, luego la sauna finlandesa, después la sala de masajes y, más allá, el baño turco. Al final del todo está el cuarto oscuro.

«Pero si ya está todo oscuro», pensó, nervioso, y deseó encontrar al chino antes de tener que visitar ese cuarto.

Se desvistió en el vestuario bajo una tenue luz amarillenta y, tapándose con una toalla, entregó su ropa en el ropero, recibiendo a cambio una pulsera con un chapita. Afortunadamente, había dejado su arma en la guantera de su R5. Con toda la vergüenza del mundo, comenzó a caminar por el pasillo y entró en la piscina climatizada. En un segundo fue el blanco de todas las miradas, y él, azorado y más colorado que un tomate, se introdujo en la piscina y comenzó a mirar con disimulo a todo el mundo. Un travieso hipopótamo desnudo se le acercó y Pepiño se salió del agua rápidamente, colocándose a toda prisa la toalla para tapar sus partes pudientes. Un tipo bigotudo que lucía gran musculatura le guiñó un ojo. El policía continuó su inspección hacia la siguiente sala. El vapor que salía por debajo de la puerta le aterró, pero, finalmente, se decidió, abrió la puerta del infierno y entró. Para su sorpresa, estaba vacía. «Claro, será el horario», pensó. Reculó y chocó con alguien detrás de él.

—¡Coño, Gutiérrez!

—¡Ostias, Pepiño!

—¿Qué haces tú aquí? —interrogó Pepiño, aprovechando que era su superior jerárquico—. Pero ¿no estás de baja?

—Y estoy de baja médica, es que tengo una sinusitis de caballo y por eso he venido a tomar un baño finlandés. Dicen que los calores secos vienen muy bien para lo mío —mintió—. ¿Y tú que haces aquí?

—Estoy buscando a un chino. ¿Has visto a un chino?

—De momento no he visto ningún chino —contestó Gutiérrez, decidido a seguirle el juego, seguro de que su superior mentía y trataba de ocultar lo evidente.

—Ayúdame a encontrarlo. Estamos en un caso de secuestro y creo que el chino es gay y podría estar aquí oculto. Acompáñame al baño turco.

Revisaron el baño turco, pero no hallaron nada. Ya únicamente les quedaba el cuarto oscuro. Pepiño avanzó en vanguardia. Gutiérrez, convencido de que Pepiño lo estaba guiando a propósito al cuarto oscuro, lo seguía muy de cerca, excitado con un gran bulto oculto tras la toalla que envolvía sus partes.

Pepiño respiró hondo, abrió y entró. El cuarto oscuro hacía honor a su nombre, pues verdaderamente estaba oscuro. Avanzó a trompicones con tiento. La suave música ambiente no disimulaba los gemidos que se escapaban de gargantas en éxtasis. La marimorena se inició cuando alguien tiró de su toalla y se la arrancó. Entonces sintió sobre su trasero un miembro duro y cálido. El policía comenzó a soltar hostias a diestro y siniestro y unos se abalanzaron sobre otros, formando un maremágnum de carnes sudorosas. Algunos chillaban como mujeres, otros gritaban imprecaciones, los unos caían sobre los otros en un sainete esperpéntico. Pepiño, desorientado, trataba de encontrar la puerta, cuando, de repente, alguien encendió la luz.

Durante unos segundos se miraron unos a otros antes de iniciarse la espantada.

Pepiño localizó rápidamente a Tao, y no por ser oriental, sino por el gigantesco tatuaje que envolvía completamente su cuerpo, el de un *long,* un dragón rampante en negro y rojo con cinco garras que escupía fuego por sus fauces. Se abalanzó sobre el dragón como un San Jorge sin lanza, mientras el resto de la tripulación abandonaba el oscuro barco. Gutiérrez entonces comprendió y acudió en ayuda de su compañero, pero una de las afiladas garras, volando en forma de patada de kung-fu, lo dejó noqueado.

El Bruce Lee imprecaba en su idioma cuando Pepiño le propinó un puñetazo en la cara, tratando de asirlo para inmovilizarlo, pero el experto en artes marciales chinas lo derribó con un barrido de su escamada cola; sin embargo, el curtido policía se levantó al instante, interponiéndose entre la puerta y su oponente.

Los desnudos rivales se miraron fijamente, estudiando la fortaleza y debilidad del contrario.

El tatuaje del número 489, junto a su pecho izquierdo lo delató como un líder de una de las triadas chinas. Seguro de que sabría kung-fu, Pepiño descartó la patada en la espinilla porque iba descalzo, así que se decidió por lograr el cuerpo a cuerpo, acercarse a él y tratar de darle una patada en los cataplines o, en su defecto, un cabezazo.

El dragón estudió a su oponente y lo encontró fondón. Su cuello era demasiado ancho para el estrangulamiento con las manos, así que la táctica a adoptar sería la de fatigarlo y mantenerlo a distancia con golpes de pierna y puño, tratando de alcanzar la puerta a la libertad.

El combate comenzó sin que sonara ningún gong y, como único espectador, quedó Gutiérrez, que, noqueado en el suelo, disfrutaba de un sueño erótico en el que Pepiño era la estrella invitada.

Pepiño se subió al *ring* y trató de acercarse a su oponente, que inició el extraño baile del mono. Comenzó con unos *jabs* para tantear e intentar acercarse, pero el oriental emitía sonidos de animales y se movía con destreza de izquierda a derecha. El policía aún recordaba la final de superwélter que habían televisado cuatro años antes, en la que José Durán castigó a aquel japonés. Bueno, no era chino, pero casi, así que intentó darle algún derechazo o llevarse el premio gordo con un buen gancho. Se acercó y lanzó un cruzado que el primate esquivó devolviéndole el regalo en forma de patada en un riñón, lo cual le hizo vomitar todo el alcohol de los últimos dos años.

Mientras tanto, Matías Prats radiaba el combate roncando como un lirón.

Lo intentó de nuevo y, esta vez, el mono aulló de dolor y, retrocediendo, rebuscó en el cajón de su múltiple personalidad y regresó reconvertido en tigre. El desagradecido animal comenzó a darle zarpazos mientras Pepiño intentaba asirse a él, pero le resultaba imposible agarrar una piel tan aceitosa; al tigre le siguió la grulla, y a esta, la serpiente, y después el no sé qué, hasta que un desesperado Pepiño pudo acercarse lo suficiente como para darle un rodillazo bajo que dejó sin aliento al capo. Cuando iba a rematar la faena, Matías Prats se despertó del coma inducido y soltó un grito que distrajo su atención, lo cual aprovechó el chino para lanzarse sobre él y pasarle por encima como una apisonadora.

Tao salió corriendo por el pasillo con su oponente pisándole los talones. Entró en el húmedo y vaporoso baño turco, donde continuó la lucha griega, en la cual Tao siempre lograba zafarse, hasta que un enfurecido Pepiño lo embistió como un toro, pero el ágil oriental le hizo una finta y el toro se empotró contra uno de los bancos de madera, perdiendo el conocimiento.

Encuerado, Tao se dirigió corriendo al vestuario y se lo encontró repleto de personas que se vestían apresuradas.

En la calle, el alboroto era tremendo. Tao se había escabullido y ya quemaba rueda con su moto de gran cilindrada. No tardó en llegar un coche patrulla que los introdujo a todos dentro de nuevo, amenazándoles con llevarlos detenidos a comisaría por alteración del orden público.

Imposible describir la vergüenza que pasaron Gutiérrez y Pepiño cuando un compañero del coche patrulla los despertó echándoles un cubo de agua encima.

—Vamos, degenerados, a comisaría.

—Somos compañeros y estamos en una operación —se disculpó Pepiño—. Tengo mis credenciales en el vestuario. ¿Habéis visto a un chino?

Escena 33

Jimi regresa a casa para preparar la operación

MADRID, MIÉRCOLES 7 DE MAYO 1980

Jimi guardó la peluca en una bolsa, se despidió de Pepiño, subió a su coche y se dirigió a casa. En el camino decidió que no le hablaría a Mely de la operación. Sería mejor no ponerla nerviosa. Aparcó su automóvil a un par de manzanas. Definitivamente, tenía que comprarse o alquilarse una plaza de garaje. Caminó un trecho, dobló la esquina y embocó su calle. Desde la distancia observó que Mely abría la llave del portal.

Cuando abrió la puerta de casa, ella estaba en la cocina.

—Oh, me has asustado —dijo ella, cuando Jimi atravesó el umbral de la cocina.

Él se acercó y, agarrándola de los hombros por detrás, le plantó un fugaz beso en la mejilla.

—¿Qué tal el día, cariño?

—Pues imagínate, aburrida. Todo el tiempo metida en casa —mintió ella—. Bueno, estuve un rato viendo unos capítulos de *Vacaciones en el mar* —inventó apresurada, sacando una lechuga del refrigerador.

Jimi, de espaldas a ella, puso sus manos sobre su cintura.

—Me duele la cabeza.

Él se retiró a su habitación, contrariado. Se preparó la ducha y después se afeitó. Al abrir el armarito, se fijó en unos botecitos de gel y champú con el logotipo del Palace. En el cajoncito encontró un cepillo dental con el mismo logotipo.

Regresó al salón. Mely esperaba con la cena en la mesa: tortilla de patatas y ensalada. Jimi se sentó en silencio. Ella miraba embobada en el televisor la serie *Raíces*.

—Mañana llegaré tarde. Tenemos un operativo nocturno, no me esperes despierta —explicó Jimi, untando mayonesa en el pan.

—¡Oh, no! —gritó ella cuando le amputaron los dedos del pie con un hachazo al pobre Kunta Kinte.

Jimi desistió y, a pesar de estar recién duchado, se puso un pantalón corto y una camiseta de tirantes y salió a correr por el parque.

Cuando Jimi se marchó, Mely lavó los trastes, sacó de su bolso el sueldo que había ganado en Olegario y lo introdujo en un bote de Cola Cao vacío de la despensa.

CUARTA PARTE

Escena 34

Mesalina contacta con Cesar

MADRID, MIÉRCOLES 7 DE MAYO DE 1980

Blanco entró en casa y sorprendió a Matilde en el salón con los rulos en la cabeza y planchando frente al televisor mientras veía *El coche fantástico.* Ella se asustó un poco y quitó el volumen.

—Hola, cariño. ¿Cómo es que regresas tan temprano? ¿Ocurre algo?

Blanco se dirigió como un rayo al dormitorio y ella lo siguió.

—Tengo una operación importante esta noche. —Comenzó a relatarle todos los detalles, mientras se cambiaba de ropa y se ponía una camiseta interior Damart, pantalones vaqueros, zapatillas y una cazadora.

Matilde le ofreció un vaso de leche y le preparó a toda prisa unos emparedados de jamón york con mayonesa, que envolvió en papel Albal y guardó en una bolsa.

—Por favor, ten mucho cuidado. No voy a poder dormir. Avisa cuando todo termine.

El comisario le regaló un beso en la mejilla y salió pitando.

Nada más cerrarse la puerta, Matilde se arregló a toda prisa y salió escopetada hasta la cabina de teléfonos:

—Soy Mesalina. Tenemos que reunirnos urgentemente.

—Avisa a Popea —ordenaron desde el otro lado de la línea.

—Negativo, se encuentra de luna de miel.

—De acuerdo. Reúnase con César dentro de dos horas en el punto N.

Matilde detuvo un taxi.

Una hora después esperaba sentada en un sofá rojo de escay de la cafetería Nebraska, en la calle Goya. Dio un sorbo al Bloody Mary e hizo hueco a César.

Eduardo Girón se sentó a su lado. Una camarera se acercó, pero él no pidió nada. Matilde le relataba con precisión los pormenores de la operación.

—Esta es la ocasión que estábamos esperando —comentó, entusiasmado—. Si todo sale bien, de esta destinan a Blanco a la Dirección General de Seguridad. Rebeca y tú estáis realizando un magnífico trabajo. En casa están muy contentos con vosotras. Desde la plaza Lubyanka os siguen muy de cerca. Ahora que está el ambiente muy enrarecido por culpa de esos malditos estadounidenses empeñados en boicotear los Juegos Olímpicos de este verano en Moscú, y todo para protestar por la justa, necesaria y legítima intervención de nuestras triunfantes tropas en Afganistán; además, el propio Gobierno afgano pidió nuestra ayuda y protección para garantizar la estabilidad regional.

—Esos yanquis son unos envidiosos. Están financiando la contrarrevolución, pero, en realidad, lo que quieren es quedarse ellos con el país —declamó Mesalina—. Si no hubiéramos intervenido nosotros, tenga por seguro que ellos habrían invadido ese país.

—Tienes toda la razón, querida, aunque al ritmo que van nuestras valerosas tropas quizá todo esté ya solucionado antes de que comiencen los Juegos.

César se despidió de ella, bajó al *parking* y salió bufando en su Fiat 124 Spider descapotable en dirección a Galapagar. De camino, rememoró unos instantes el día en que captó para la causa marxista a aquellas dos hermanas mellizas que apenas iniciaban sus estudios en Ciencias Políticas en el Institut d'Études Politiques de París. Después soñó con todo lo que podía hacer con el dinero de esa cuenta. Ni Mesalina, ni Popea, ni en Moscú tenían por qué enterarse, pero ahora tenía que pensar muy aprisa.

Antes de llegar se cruzó con dos todoterrenos Santana. A las 19:45, el Spider aparcaba detrás de una furgoneta del Canal de Isabel II frente a la puerta del hotelito.

Escena 35

Visita sorpresa

GALAPAGAR, MIÉRCOLES 7 DE MAYO DE 1980

La sirvienta anunció a Eduardo Girón y Carlos Boyd. Molesto, interrumpió la preparación de su maleta y bajó para reunirse con él.

—Hola, Eduardo, no te esperaba —fingió con entusiasmo.

—Hola, Carlos. Estaba preocupado por ti. Deberías haberme contado lo de Fátima.

—¿Cómo te has enterado?

—Ya sabes que los abogados tenemos muchos contactos.

—Acompáñame a mi despacho —le invitó Carlos.

Nada más entrar fue directo y encendió la radio a gran volumen. Eduardo lo entendió. Sacó dos vasos de una vitrina y sirvió dos generosas copas de Dalmore 50 años.

—Dime en qué puedo ayudarte, Carlos. Somos amigos y he venido para ponerme a tu disposición. Sabes que tengo contactos y algo podré hacer —las mentiras se le escapaban gratis entre los dientes de mentiroso—.

«¡Si me quieres ayudar, lárgate ahora mismo, hijo de puta!», pensaba Carlos Boyd.

—Muchas gracias, apreciado amigo, muchas gracias. Sé que siempre podré contar contigo —contestó, devolviéndole sus mentiras—. Ahora está todo controlado. La entrega será el viernes por la noche, a las 22:00 horas.

—¿Cuánto dinero piden? —preguntó el abogado, disimulando ya que él sabía perfectamente lo que pedían por el rescate.

—Cien millones de pesetas —improvisó el anfitrión.

—¿No pensarás acudir tú solo? —inquirió el antiguo fiscal.

—Tranquilo, lo tengo todo controlado. Tao me acompañará. Ahora, por favor, déjame, que tengo que organizar muchas cosas. —No se le ocurría cómo deshacerse de él.

—¿Dónde es la entrega? —le cuestionó, pues trataba de confrontar los datos con los recibidos de Mesalina.

—En un antiguo motocine.

—¿Quieres que me quede aquí esperando por si acaso? —ofreció generoso la serpiente.

—Muchas gracias de nuevo, pero todo va a ir muy bien.

—En fin, llámame cuando acabe.

—Claro. Gracias, Eduardo.

En cuanto la pegajosa visita se marchó, Carlos reinició sus preparativos.

Escena 36

Eduardo mueve ficha

MADRID, JUEVES 8 DE MAYO DE 1980

Eduardo Girón entró en la barbería de la calle Miguel Ángel, depositó en una silla una bolsa y pidió que le cortaran el pelo, se lo tiñeran entrecano y le recortasen la barba. Después, marchó a El Corte Inglés de la calle Goya, donde adquirió, muy a su pesar, un traje blanco hueso que no estaba hecho a medida y una corbata de seda muy parecida a la que usaba el banquero. Regresó a su casa y se vistió con su ropa nueva, apagó la luz de la habitación y, en la penumbra, sonrió al ver en el espejo a Carlos Boyd.

De un cajón de la cómoda extrajo un pequeño Smith & Wesson que introdujo en el bolsillo de su chaqueta. Se sentó en sofá del salón, prendió un Malboro, se sirvió un vaso de Macallan y repasó mentalmente todos los pasos que daría esa tarde.

Qué buena inversión era tener a papá en comisaría. Ese retrógrado vicioso le era de gran ayuda, y todo por un módico precio.

Se sentía maravillosamente bien. Las situaciones peligrosas le excitaban agradablemente, y esta era una de esas ocasiones en las que se iba a jugar el cuello. Ya estaba acostumbrado a vivir en el filo de la navaja y él se sentía ganador, siempre sería el ganador. Se entretuvo un buen rato imaginando cuánto dinero podría llevarse. Se gastaría un pellizco con esa tonta de Mely, a la que embaucaba con fantasiosas historias sobre pasarelas. Si acaso, la sacaría en alguna fotonovela, la enviciaría con las drogas y la utilizaría para que se acostase con algún político al que chantajear después. No era mujer de muchas luces, solo el prototipo más básico del género femenino, aunque había que reconocer que era muy bella. Miró su reloj. Era hora de recoger el Bentley que había rentado. Sacó su pitillera y extrajo de ella su práctico tubito y una bolsita que contenía un poquito de cocaína mezclada con leche en polvo, cafeína y lidocaína.

Escena 37

Comienza la función

MOTOCINE, ALAMEDA DE OSUNA, MADRID
JUEVES 8 DE MAYO DE 1980
18:00 HORAS

La Kawasaki Z1000 MKII de Tao descendió por la autopista de Barajas a más de 180 km/h. Pasó de largo por la entrada sur principal del motocine, en la bifurcación de entrada al aeropuerto, y rodeó hacia la izquierda hasta el final, donde estaba la salida noreste que desembocaba en la carretera de Barcelona (Nacional II), la cual permanecía abierta y despejada. Un corrillo de álamos se ofreció como refugio seguro para la Kawasaki, que dejó con las llaves puestas. Oteó los alrededores con el sentido arácnido ancestral que poseen los orientales y entró en el recinto pegándose al murete para estudiar el campo de batalla: este se extendía en forma de abanico con la gigante pantalla curva de hormigón en el vértice norte, de espaldas al sol, ampliándose hacia ambos lados para cerrarse en la base sur, donde, a la altura de la fila 13, se encontraba la garita de entrada principal. Bajo la pantalla había un graderío vacío de asientos y repleto de jeringuillas, latas y preservativos. El firme era una pendiente decreciente que comenzaba desde la pantalla, y las filas estaban repletas de badenes para que los vehículos tuvieran la inclinación visual más perfecta. En el centro, a escasos 100 metros de la pantalla, sobresalía una caseta de ladrillo semienterrada con tejado plano y en mal estado, que había hecho la función de cabina de proyección. La gran inversión apenas duró unos meses operativa y, ahora, era un descampado de hormigón sin desbrozar, abandonado y en estado ruinoso, en el que los postes para los auriculares habían desparecido.

Agachado, con la alargada y abultada bolsa de deportes al pecho como si se encontrase en un campo de batalla, cojeó y se detuvo en la puerta de la cabina que se hallaba entreabierta. Unas escaleras bajaban hasta el sótano de proyección, ya que la cabina se encontraba semienterrada para no entorpecer la visión desde los automóviles. En medio de un cementerio de moscas yacía un colchón mugriento. Desparramó todas las armas por el suelo, introdujo cuatro granadas de piña en los bolsillos, la Beretta 92 en la sobaquera, se abrochó el cinturón de cargadores, amartilló el subfusil M16 con cadencia de más de 700 balas por minuto y le acopló un lanzagranadas M 203, monotiro de 40 mm con puntero láser. Encontró el cuadro de luces, subió el automático general y, para su sorpresa, al elevar el interruptor de los focos en los laterales de la pantalla, uno de ellos aún funcionaba. Descubrió en el suelo, bajo una taza de váter ruinosa, una tapa de registro redonda para cubrir el amplio sumidero que hacía de váter y que, ahora, estaba vacío. Retiró la tapa, se introdujo en el oscuro sumidero y desplazó encima de él la taza. Sería un buen escondite para pillar a los italianos por sorpresa, aunque se había dejado olvidada su revista en la guantera del Bentley.

Ahora sí que tenía planes en su cabeza. Primero recuperaría esos pendientes y, después, le sacaría fácilmente el número de cuenta a Carlos, que seguramente también estaría grabado en el dichoso anillo. Con dos dedos más para su colección, tendría dinero suficiente para regresar a su querido Hong Kong y destronar a Sun Yee On.

Escena 38

Posicionamiento

MOTOCINE, ALAMEDA DE OSUNA, MADRID
JUEVES 8 DE MAYO DE 1980
19:00 HORAS

Las fuerzas de seguridad se desplazaban en un autobús interurbano. No podían llamar la atención con los coches patrulla, ya que el recinto se encontraba en un enorme descampado, así que aparcaron en la calle más cercana, dejando dentro a los sanitarios y a un conductor y, de retén en la calle paralela, la furgoneta del Canal de Isabel II y dos coches camuflados. Los agentes descendieron al abrigo de la oscuridad y comenzaron a tomar posiciones comandados por Blanco.

—A ver, «los hombres de Harrelson» a vuestros puestos —se dirigió a los Geos—. Quiero a dos francotiradores camuflados en cada lado de la pantalla; otro en el graderío; Medina y Martínez que inspeccionen hasta el último agujero.

Al rato regresaron los agentes. Habló Medina en calidad de inspector:

—Hemos realizado un barrido, señor. Todo está despejado. Nadie en la cabina central, ni en el restaurante, que tiene un considerable peligro de derrumbe. Los T. J. están en posición

—Genial. Nosotros tres nos esconderemos en la pequeña azotea del tejado plano de la garita de entrada. Esperaremos allí tumbados. ¿Habéis traídos los M16? —Los policías asintieron.

—Pues subamos, que nos espera un día muy largo.

Una hora después…

—Yo necesito ir al baño, jefe. Creo que en la sala de proyección hay un váter.

—Joder, Martínez, a una operación se viene *cagao* y *meao,* como si fuera el día de tu boda. Ni hablar de la sala de proyección, que está muy expuesta. Hazlo en una botella —bramó el comisario.

—Es que son aguas mayores, jefe. Anoche cené unos caracoles que me están dando retortijones y…

—Pues te vas a buscar un váter en la entrada principal. Toma —Le ofreció un paquete de clínex.

Martínez bajó a escape hasta la garita de entrada. Allí encontró una silla desvencijada, se sentó para hacer tiempo un largo rato y sacó la petaca de DYC del bolsillo de su chaqueta. Después de dos Malboros, decidió regresar.

—Yo, aquí *pringao,* y los señoritos, en el Ritmo. Con los años de servicio que tengo, me merezco un poco de consideración, que mi padre fue divisionario, coño —destilaba, rabiado.

Escena 39

Balacera en la oscuridad

MOTOCINE, ALAMEDA DE OSUNA, MADRID
JUEVES 8 DE MAYO DE 1980
20:00 HORAS

El camión de mudanzas apareció al atardecer y se detuvo ante la garita de entrada. Los espaguetis estaban concentrados, en silencio y ojo avizor. Inició la marcha despacio y rodeó la cabina de proyección, aparcando en el lado izquierdo de la misma y mirando de cara a la entrada principal. Descendieron con tiento y comenzaron a realizar una primera inspección ocular. Se separaron y recorrieron con sus linternas el perímetro, entrando en todos los inmuebles. Finalmente, se dieron por satisfechos. Al fin y al cabo, solo se las tenían que ver con un viejo banquero panameño asustado.

Comenzaron la tediosa espera fumando MS como cosacos. En un momento determinado, Paolo sintió ganas de mear y entró en la antigua cabina de proyección orinando en la taza del váter. Debajo, el chino maldecía en todos los dialectos de su inmenso país, mientras disfrutaba de una copiosa lluvia dorada.

A las 20:40 p. m., Peláez y Antúnez, disfrazados de mendigos, se posicionaron en la salida de vehículos noroeste, donde previamente habían colocado un bidón con maderas y gasolina que prendieron fuego simulando calentarse. Abrieron unos tetrabriks de Don Simón y comenzaron a elevar la voz, discutiendo los pormenores del partido entre el Hércules C. F. y el Burgos C. F.

—Menudo paradón hizo Maté. Se nota que viene del Real Madrid —voceó Peláez.

—Pues, como sigáis así, bajáis a Segunda. Empatasteis en la ida y el 3-0 del domingo en el Rico Pérez os va a dejar más fríos que el Arlanzón en enero —encaró Antúnez.

Al principio, los italianos se subieron rápidamente a la camioneta, pero tras un rato de observación y escucha, se confiaron y descendieron de nuevo. Ahora le tocó a Ángelo el turno de ir al urinario.

Eran las 20:48 cuando un Seat Ritmo entró circulando muy despacio. Conducía un hombre acompañado por una mujer de abundante cabellera que ignoraron completamente a los dos hermanos que, de pie y tensos, con las armas en la mano las amartillaban y ocultaban detrás de su espalda. El vehículo se desplazó hacia la derecha y recorrió todo el murete lateral del abanico hasta detenerse a 50 metros de la puerta de salida de vehículos del noreste. Descendieron los ocupantes y subieron al asiento trasero. En menos de cinco minutos, el Seat comenzó a balancearse rítmicamente y las ventanas se cubrieron de vaho.

Los italianos estaban un poco desconcertados, no esperaban tanto público. En la salida opuesta, Peláez y Antúnez ahora simulaban que estaban a punto de llegar a las manos.

—Claro, como vosotros tenéis playa estaréis más calentitos. A ver si el que te calienta soy yo —dijo Peláez, dándole un empujón a su compañero.

—¿Que qué? ¿Tú a mí? —se le encaró Antúnez.

Los italianos estaban cada vez más nerviosos.

—¡*Toglili di mezzo quei cretini!* (quita de en medio a esos idiotas) —ordenó Paolo.

—Pero ¿qué hacen esos dos? Se van a cargar la operación —rebuznó Blanco.

«Qué aburrimiento —pensaba Martínez—. Si al menos hubiera un poco de acción…».

A las 20:55 apareció el Bentley de Carlos Boyd, que se detuvo con los faros encendidos mirando directamente a los sicilianos. Paolo se dirigió a la camioneta, que también tenía los faros encendidos, retando de frente a su oponente, y abrió las puertas traseras. Primeramente, agarró una silla de ruedas plegable y la colocó con esfuerzo en el piso, tras lo cual la desplegó para, acto seguido, subir y bajar con Fátima en brazos.

La depositó con cuidado en la silla. Al menos, habían tenido la decencia de ponerle un albornoz. La pobre mujer permanecía inconsciente con la barbilla pegada al pecho. El siciliano desplazó la silla colocándola al lado de la cabina semienterrada y ambos se situaron detrás usándola como escudo.

Del Bentley descendió con elegancia Carlos Boyd, que se acercó hasta quedarse a unos veinte pasos.

—¿Vienes solo? —voceó Ángelo.

Carlos levantó las manos en señal afirmativa.

—¿Traes la contraseña?

Carlos introdujo despacio la mano en el bolsillo interior de su chaqueta, lo que despertó todas las alarmas de los macarronis, que en un santiamén le apuntaban con sus armas. Este sacó muy lentamente del bolsillo un disquete de 5 ¼ y lo levantó en el aire.

Cualquiera con dos dedos de frente habría tratado previamente de comprobar la información que guardaba el disquete, pero los mafiosos no habían visto una computadora en su vida, cosa que, por otra parte, les daba lo mismo, ya que se pensaban llevar a Carlos con ellos para sacarle toda la información.

Un orinado Tao, más amarillo que nunca, pulsó la tecla de luz de su reloj de pulsera Seiko. Marcaba las 21:00. Carlos se había adelantado; desde el interior escuchaba a duras penas la conversación de la calle. Desplazó con suavidad la taza de váter y, caminando como un gato cojo y mojado, asomó despacio la cabeza por la puerta completamente abierta de la cabina. A lo lejos se escuchaba música que se iba acercando.

Los italianos exigían en ese momento la contraseña. Tao, como un ave zancuda asiática, dio un paso y colocó la pistola con silenciador a escasos centímetros de la sien de Paolo. Entonces fue cuando se desató la de San Quintín.

Tres Land Rover Santana 88 de color rosa entraron a tropel, como el séptimo de caballería, con los faros auxiliares del techo encendidos, a los que habían acoplado unos enormes altavoces JBL PRO de 1.000 vatios que escupían el *Yes, sir, I can boogie,* de las Baccara, a todo volumen.

♫ *Mister, your eyes are full of hesitation* ♫

Mike, sonriente, apretaba los dientes. Se ajustó el sombrero tejano y quitó el seguro de su arma.

♫ *Sure makes me wonder* ♫

En el techo de la entrada, Martínez se despertó. Blanco y Medina no daban crédito a lo que veían.

♫ *If you know what your looking for* ♫

Chirriando ruedas y deslumbrando, el primer todoterreno entró a gran velocidad pisando una botella de cristal que reventó la llanta. El vehículo descontrolado saltó el primero de los badenes volando unos segundos para caer de lado y comenzar a dar volteretas hasta que se prendió fuego y quedó varado como un escarabajo patas arriba. Septh salió ardiendo como una antorcha y gritando más alto que la música que emitían los JBL. Lebron quedó atrapado en el Land Rover, que en menos de dos compases de Baccara explotó dejando a todo el mundo asombrado.

♫ *Baby, I wan't to keep my reputation* ♫

Los otros dos Santana frenaron en seco y derraparon, deteniéndose bajo una polvareda a escasos metros de los duelistas, que miraban paralizados como descendían cuatro hombres provistos de Uzis que corrían como locos hacia ellos.

♫ *I'm a sensation* ♫

Los italianos se colocaron hombro con hombro, y fue en ese instante cuando un desconcertado Tao apretó el gatillo de forma que el proyectil atravesó la sien izquierda de Paolo y continuó su trayectoria hasta la sien izquierda de Ángelo, cayendo ambos inmediatamente desplomados.

♫ *You try me once you'll beg for more* ♫

Todo ocurrió a la vez: Carlos Boyd, perplejo, dejó caer el disquete vacío y corrió rápido hasta la silla con el tiempo justo para arrancar de un tirón los pendientes en forma de abanico de las orejas de Fátima. Se parapetó agachado tras ella, justo en el momento en que Mike y sus muchachos descargaban los 600 disparos por minuto contra el cuerpo de la mujer, dejándola como un colador.

♫ *Yes, sir, I can boogie* ♫

En el techo, los agentes desenfundaron. Blanco agarró el *walkie-talkie.*

♫ *But I need a certain song* ♫

Paralelamente, Tao reculó al interior de la cabina y lo primero que hizo fue accionar el interruptor del foco de la pantalla que deslumbró a los americanos. Blanco, por el *walkie-talkie,* dio la orden de abrir fuego y «los hombres de Harrelson» vomitaron sus M16 sobre los yanquis, mientras, por detrás, Blanco y Martínez, rodilla en tierra, y Medina, tumbado en el techo, vaciaban sus cargadores por la espalda. Tom, el mafioso barbudo con chaqueta de leñador, malgastó con furia su redondo cargador, como si le fuera la vida en ello. Recibió tres impactos de 9 mm en su fornida espalda provenientes de las Star Super, cayó de rodillas y se quedó clavado con la Thompson en la mano, como si fuera la estatua de un dictador derrocado.

Con la sabiduría que caracteriza a los orientales, Tao decidió poner pies en polvorosa. Dejó su M16 en el suelo, sacó dos granadas de piña de su bolsillo y las lanzó sin mirar desde la esquina de la cabina.

Marquitos, el mexicano, voló por los aires, saludó a San Pedro y regresó con la barriga despanzurrada intentando sujetarse los intestinos y revolcándose de dolor hasta que otra ráfaga lo dejó inmóvil. Al verlos caer abatidos, Mike y Joe se replegaron buscando refugio en el Land Rover Santana, que amanecería hecho un queso gruyer. El retén de guardia arrancó y, en segundos, el autobús interurbano se detuvo, taponando la puerta de entrada y cerrando la ratonera.

Todo el mundo disparaba a discreción. Tao manipuló el M16 anclado con el M203, y el puntero se desplazó hasta detenerse en el foco que en ese momento delataba a los dos Geos de la pantalla y al del graderío. Apretó el gatillo y al segundo siguiente una explosión dejaba inoperativo el foco y fuera de combate a los Geos, sumiendo en la oscuridad el campo de batalla que permanecía iluminado exclusivamente por los focos de los vehículos y por la antorcha.

♫ *I can boogie, boogie, boogie* ♫

Olor a diésel, carne frita y goma quemada. Las balas volaban y destrozaban faros y lunas; los americanos recargaban y volvían a disparar.

♫ *All night long* ♫

Medina y Blanco avanzaban con Martínez al frente, que, como un poseso, disparaba gritando no sé qué de su padre y de los españoles, dejando fuera de combate a un norteamericano atrapado entre dos frentes.

♫ *Oooh, yes, sir, I can boogie, if you stay, you can't go wrong* ♫

Mike encendió un Camel, se revolvió y soltó un cargador. Una de las balas alcanzó a Martínez en el brazo.

Medina y Blanco acudieron en su ayuda y lo retiraron de la primera línea, llevándolo a la garita de entrada.

—*Come on, let's split* (larguémonos) —gritó Mike.

♩ *I can boogie, boogie, boogie, all night long* ♩

De un salto, se subieron al todoterreno y, dando un giro, se dirigieron veloces a la salida; uno de «los hombres de Harrelson» apuntó al conductor con la mira réflex de su M16 con bocacha apagallamas y disparó. Los 5,56 mm volaron a 247 m/s e impactaron en el occipital, atravesando el cerebro y saliendo por el frontal, destrozando, a su vez, la luna delantera del todoterreno y la ventana del autobús que bloqueaba la puerta. Blanco disparaba como un loco desde la puerta de la garita de entrada. Con el piloto fuera de combate, el Santana fue directo contra el autobús, incrustándose brutalmente. El sombrero tejano voló por la ventanilla y Mike, milagrosamente vivo, salió como pudo y con un revólver en mano. Blanco, que se había tirado al suelo para evitar el impacto del vehículo, se incorporó, apuntó directamente al sicario y apretó el gatillo, pero el cargador estaba vacío.

—*This just ain't your lucky day, friend* (hoy no es tu día de suerte, amigo) —le sentenció Mike, apuntándole con su azulado Colt Cobra.

La bala le alcanzó en medio del pecho y mandó a Mike a comprobar la existencia de Dios. Martínez, apoyado en el quicio de la puerta, aún le apuntaba con su arma humeante.

—Ellieee —fue su última palabra.

A Blanco le fallaron las fuerzas y cayó de rodillas. Todos los mafiosos estaban muertos. Mike yacía tan inerte como los flecos de su sucia cazadora de ante. Había perdido una bota tejana.

Aquel disparo fue el último que se efectuó en el tiroteo. La balacera había durado exactamente un minuto y treinta segundos.

Mientras tanto, Carlos y Tao huyeron a la carrera, intentando recorrer los escasos 100 metros que les separaban de la salida noreste. Enseguida, Carlos tomó ventaja, mientras Tao renqueaba. Ya se acercaban a la puerta cuando del Seat Ritmo descendieron a gran velocidad Pepiño y Jimi. A seis metros de la puerta, Pepiño se lanzó como un *quarterback* contra Tao y lo derribó, quedando encima de él, pero el oriental se revolvió y le metió el codo en el mismo ojo a la virulé. Este le respondió con un cabezazo que sorprendió a Tao y lo dejó medio noqueado, ocasión que aprovechó el furioso agente para desenfundar su pistola y apuntarle en la frente.

♫ *All night long* ♫

En ese momento, por detrás, llegaban Peláez y Antúnez a la carrera.

—¡Nooo! —gritaron ambos al unísono.

¡Boom! Sonó como un petardo.

Pepiño había disparado junto al oído del chino rendido, reventándole un tímpano.

—¡Quedas detenido, puto cabrón! —le gritó, salpicándole la cara con su saliva.

Cuando parecía que Carlos se iba a escapar, Jimi se lanzó en plancha y lo agarró de la pernera del pantalón, pero Carlos se revolvió, propinándole una coz en la cabeza que hizo que la peluca volara por los aires para desconcierto de ambos, ya que para Carlos él no era una mujer y para Jimi ese hombre definitivamente no era Carlos Boyd; además, su rostro le resultó familiar. El pobre Jimi tuvo que soltar a su presa y el banquero se escabulló a través del descampado.

Una hora más tarde, Eduardo caminaba a tropezones entre la oscuridad en dirección norte. Un *jeep* apareció tras una débil colina y sus faros lo iluminaron. Se trataba de los halconeros del aeropuerto que regresaban de cazar con sus halcones todo tipo de aves que pudieran poner en riesgo el despegue o aterrizaje de los aviones.

—¡Eh, oiga! Usted no puede estar aquí. Las pistas están a 20 metros.

—Lo lamento. Salí de paseo y me he desorientado. ¿Serían tan amables de acercarme a Madrid?

Un minuto después, escapaba indemne de la operación policial.

En el motocine, los disparos habían cesado. Afortunadamente, no había ningún herido entre las fuerzas de seguridad. Blanco estaba eufórico, daba brinquitos de alegría y palmeaba en la espalda a todo el mundo. Incluso felicitó efusivamente a Jimi y Pepiño. Con el brazo vendado y en cabestrillo, Martínez sufrió el abrazo del oso por parte del comisario. Subieron a Tao esposado al autobús y esperaron a que apareciera Aníbal y su equipo forense. Iba a ser una noche larga.

COLOFÓN

Escena 40

Carlos Boyd

GALAPAGAR, MIÉRCOLES 7 DE MAYO DE 1980
23:00 HORAS

Dejó su motocicleta aparcada en el *parking* de la estación de tren de Atocha. Era una pena deshacerse de ella, pero no disponía de tiempo para venderla. Cuando quisieran darse cuenta ya habría desaparecido. Ahora se alegraba de haber sido un hombre previsor y tener toda la documentación falsa siempre a mano. No le apenaba el destino de Fátima. Se la imaginó con su mano amputada y pensó que era mejor para ella morir joven; además, con tanto dinero no le iban a faltar compañeras de buen ver.

El bip, bip del receptor le había perseguido como solo lo hacía una maldición, sin que él se diera cuenta.

Sentado en primera clase de un Electrotrén 432 con destino a Valencia, Carlos Boyd respiraba relajado y pensaba qué barco tomaría. Sí, un barco era menos rápido que el avión, pero más discreto. Quizá rumbo a México, un país grande para ocultarse, pero desechó la idea por estar demasiado cerca de Estados Unidos; los tentáculos de la familia Gambino eran alargados. De Panamá ni hablar. Quizás algún lugar del sudeste asiático, pero allí un extranjero llamaría demasiado la atención. Finalmente, se decidió por Argentina. Buenos aires era una urbe grande y bien alejada de los tentáculos. Encendió un habano, soñando que lo prendía con un billete de 20 dólares. Una joven se sentó a su lado. Pelirroja, de cabello largo y liso, muy guapa, vestía unos pantalones de mezclilla ligeramente acampanados y cubría la mitad de su cabeza con una boina años treinta, estilo Bonnie. Sacó de su pitillera un Lucky Strike y le pidió fuego con la mirada a Carlos, que caballerosamente, le encendió el pitillo con su encendedor de oro.

«No va a ser un mal viaje después de todo», fantaseó, guardando el encendedor.

La joven abrió su bolso y dejó caer dentro la pitillera, que rebotó con sonido metálico sobre una pistola con silenciador.

Escena 41

Jimi

Madrid, jueves 8 de mayo de 1980
2:00 horas

Un coche patrulla desembarcó a un agotado y magullado Jimi en la puerta de su casa, en el barrio de Prosperidad. Introdujo la llave y la giró con cuidado; no quería despertar a Mely. Abrió la puerta y se dirigió al baño para asearse. Le extrañó ver cierto desorden, el armarito de espejo abierto y frascos caídos. Se dirigió a la habitación y le sorprendió que no hubiera nadie. Ropa tirada en el suelo, las puertas de los armarios y los cajones de la mesilla estaban abiertos y varios de ellos vacíos. Pensando que se podía tratar de un robo, desenfundó su Llama M82.

—¡Mely, Mely! Cariño, ¿te encuentras bien? Silencio por toda respuesta. Se dirigió a la cocina y con precaución encendió el fluorescente. Todo estaba en orden, a excepción de un bote de Cola Cao vacío tirado en el suelo. Había un folio pegado en la nevera con el imán que trajeron de su luna de miel en Tenerife, con el Teide de fondo. Todo un folio para una nota tan lacónica: «LO SIENTO». Finalmente, Mely le había abandonado.

Sin saber qué hacer, se dirigió al salón. Sentado en el sofá, prendió la televisión con el mando a distancia. A esa hora reponían en la 1 la serie *Poldark*. Permaneció hipnotizado un minuto y estalló en sollozos.

Escena 42

John Gotti

STATEN ISLAND, NEW YORK
VIERNES 9 DE MAYO DE 1980

En el 177 de Benedict Road, del acomodado barrio Todt Hill, tenía lugar una lujosa fiesta que celebraba Paul Castellano para presentar a su hija en sociedad. Los fuegos artificiales habían dado paso a un *lunch* generoso en el Gran Jardín. Senadores, banqueros, mafiosos, sindicalistas, constructores, algún congresista y varios famosos charlaban animosamente. Junto a una enorme fuente de chocolate, John Gotti, impecable con su traje a rayas y corbata estridente, reía a carcajadas un chiste sobre judíos que narraba con soltura John David, senador por Maryland. La prostituta que los acompañaba simulaba sus carcajadas al igual que John Gotti. Se acercó con sigilo su segundo al mando, Salvatore Gravano. Este llamó la atención de su jefe, que se disculpó y abandonó al senador, quien, junto con su acompañante, se dirigió hacia una habitación de invitados con una cama *king size* que incluía micrófonos en la lámpara de la mesilla y una cámara detrás del cristal.

Salvatore fue directo al grano:

—Los italianos son fiambre; no sabemos nada de Carlos Boyd, y ni rastro de la contraseña. Menudo fiasco.

Gotti cerró los ojos durante unos segundos.

—Los sicilianos pedirán un alto precio por resarcir sus dos bajas. ¡Salvatore, ahora estamos más necesitados de dinero que nunca! Tenemos que acelerar nuestros planes y deshacernos ya de Paul. Tú te encargarás personalmente. Lo haremos en el Sparks Steak House de Manhattan.

Escena 43

Paul Castellano

STATEN ISLAND, NEW YORK
VIERNES 9 DE MAYO DE 1980

Philip encontró a su padre charlando con Connie y con Tony Curtis, que se dejaba fotografiar paseando el Óscar que nunca le habían dado y peroraba sobre su magnífico papel en *El estrangulador de Boston*.

La mano de Paul sujetaba la correa de Rocco, su galgo ganador en más de cinco ocasiones del Gran Prix de Southland Greyhound Park de Arkansas. Se lo mostraba orgulloso a Tony, que, con gran interés, miraba de reojo el escote de Connie.

Agarrándole levemente del antebrazo, el hijo llevó a Paul hasta la parte trasera del Gran Jardín.

—Malas noticias, padre. Mike ha fracasado en Madrid, todos nuestros hombres han caído; Ronda ha cumplido, pero los pendientes no han sido recuperados, y lo que es peor —aquí hizo una pausa para soltar la fatal noticia—: nos han vaciado los fondos.

Paul Castellano contuvo la respiración, se agachó, poniendo una rodilla en tierra, acarició la cabeza de Rocco y, colocando sus dos manos sobre el cuello del animal, apretó y apretó hasta acabar con su vida.

Escena 44

Entrega de la medalla

COMISARÍA CENTRO
LUNES 12 DE MAYO DE 1980
9:00 HORAS

El salón de actos de la Comisaría Centro se había habilitado como sala de prensa y estaba atiborrado. Había reporteros de todos los periódicos y emisoras de radio importantes: *ABC, El País, Diario 16, Ya, Pueblo, El Alcázar, La Vanguardia* y, cómo no, *El Caso,* que, gracias a Martínez, se había adelantado otra vez con la noticia.

En la tarima, el jefe superior de Policía destacó la excepcional ejecución de la unidad de intervención rápida, comandada por el comisario Blanco, ahora ascendido a comisario jefe y que ya tenía nuevo destino en la Dirección General de Seguridad. A su lado estaban Blanco y la jefa del servicio de relaciones públicas de la Policía. En su minuto de gloria, Blanco realizó una exagerada recapitulación de la que él bautizó como operación Mano de Fátima, por la que se había desarticulado, nada más y nada menos, que tres bandas criminales: una norteamericana, otra italiana y una tercera asiática. Lamentablemente, una mujer y su esposo, ciudadanos panameños, habían resultado fallecidos.

Los periodistas de la SER, RNE y COPE se daban codazos para llegar con sus micrófonos, tratando de interpelar al comisario, al que, para su disgusto, habían prohibido que contestara a ninguna pregunta.

El nuevo comisario jefe colocó la cruz con distintivo rojo sobre el pecho de Martínez.

—El Cuerpo Superior de Policía concede al subinspector Antón Martínez esta condecoración por el acto supremo de valor que salvó la vida de su superior, realizando una excepcional labor que había culminado con el éxito de la operación.

Martínez disfrutó de su minuto de gloria inmortalizado por los *flashes* de los periodistas.

Entre el grupo de asistentes, pegados a la pared del fondo estaban los agentes que habían participado en la operación: Jimi, mustio, Pepiño, achispado, pero todos arropados por el nuevo comisario de centro Julián Peinado, que iba acompañado de Marie, su joven esposa de veintidós años de ascendencia hispano-francesa.

Escena 45

Eduardo y Mely en Marbella

Puerto marítimo de Marbella
Domingo 11 de junio de 1980

—Aún no me acostumbro a verte con la barba tan rasurada y con el cabello tan corto —comentó Mely, con su sonrisa más dulce.

El final de la primavera en Marbella era maravilloso. El Spider había dejado paso a un fantástico Lamborghini Countach 5000 QV, estacionado en el aparcamiento del puerto. La pareja almorzaba carísimas gambas blancas de Huelva acompañadas del albariño más caro.

Eduardo apuró su vaso estirando su dedo meñique, se sirvió otro hasta rebosar y le devolvió la sonrisa. Rebuscó en el bolsillo de su americana blanco hueso y sacó un pequeño estuche color violeta que depositó junto al plato de ella.

Intrigada, Mely se limpió las manos con la servilleta de tela y lo abrió. Eran unos increíbles pendientes en forma de abanico. Ella le sonrió de nuevo con una sonrisa más amplia y él se la devolvió mostrando sus dientes de mentiroso.

FIN

Canciones que aparecen en este libro

— Escena n.º 9
  El baile de los pajaritos, María Jesús y su acordeón.

— Escena n.º 10
  La chica de ayer, Nacha Pop.

— Escena 21
  Powerful Love, Chuc & Mac.

— Escena n.º 24
  I Was Made for Lovin' You, Kiss.

— Escena n.º 24
  Feel Like Making Love, Bad Company.

— Escena n.º 27
  Nine to Five, Dolly Parton.

— Escena 39
  Yes, Sir, I Can Boogie, Baccara.

Índice